Nikolaus Friedreich

Uber die respiratorischen Anderungen des Percussionsschalles am Thorax unter normalen und pathologischen Verhältnissen

Antigonos

Nikolaus Friedreich

Uber die respiratorischen Anderungen des Percussionsschalles am Thorax unter normalen und pathologischen Verhältnissen

Unveränderter Nachdruck der Originalausgabe von 1880.

1. Auflage 2024 | ISBN: 978-3-38694-618-6

Antigonos Verlag ist ein Imprint der Outlook Verlagsgesellschaft mbH.

Verlag: Outlook Verlag GmbH, Zeilweg 44, 60439 Frankfurt, Deutschland
Vertretungsberechtigt: E. Roepke, Zeilweg 44, 60439 Frankfurt, Deutschland
Druck: Libri Plureos GmbH, Friedensallee 273, 22763 Hamburg, Deutschland

ÜBER DIE

RESPIRATORISCHEN ÄNDERUNGEN

DES

PERCUSSIONSSCHALLES AM THORAX

UNTER NORMALEN UND PATHOLOGISCHEN VERHÄLTNISSEN.

Von

Dr. N. FRIEDREICH,

Professor in Heidelberg.

LEIPZIG,

VERLAG VON F. C. W. VOGEL.

1880.

Separatabdruck aus dem Archiv für klinische Medicin. XXVI. Band.

Die Veränderungen, welche der Percussionsschall am Thorax während der einzelnen Phasen der Athembewegungen erleidet, fesselten erst in neuester Zeit die Aufmerksamkeit der Pathologen. Als Ursache dieser späten Beachtung der hier in Betracht kommenden Verhältnisse dürfte wohl die nahezu dogmatisch gewordene Anschauung bezeichnet werden können, dass der nichttympanitische Lungenschall wegen seiner klanglosen, geräuschartigen Natur eine präcise Unterscheidung seiner Höhenverhältnisse überhaupt nicht gestatte, solche vielmehr nur bei dem tympanitischen, klangähnlichen Schalle möglich sei. Nachdem schon Hoppe[1], mehr auf Grund theoretisch-physikalischer Erwägungen, als directer Versuche am lebenden Thorax, jeglichen Einfluss der Respirationsbewegungen auf den Percussionsschall in Abrede gestellt hatte, war es späterhin namentlich Seitz[2], welcher die Möglichkeit einer präcisen Höhenunterscheidung des nichttympanitischen Percussionsschalles durchaus bestritt und damit zugleich die Möglichkeit einer Auffassung respiratorischer Höhendifferenzen desselben negirte. Andere Autoren allerdings, wie Wintrich[3] und Gerhardt[4], erachten, wie aus einzelnen Stellen ihrer Schriften hervorgeht, eine Höhenbestimmung auch des nichttympanitischen Schalles innerhalb gewisser Grenzen für zulässig. In der That

---

1) Zur Theorie der Percussion. Virchow's Archiv. VI. 1854. S. 169.

2) Seitz-Zamminer, Die Auscultation und Percussion der Respirationsorgane. Erlangen 1860. S. 187.

3) Virchow's Handbuch der spec. Pathologie und Therapie. V. Bd. 1. Abth. Erlangen 1854. S. 28.

4) Lehrbuch der Ausc. u. Perc. 3. Aufl. Tübingen 1876. S. 115, 125.

lässt sich bei hinreichender Uebung in der Auffassung percussorischer Schalldifferenzen leicht erkennen, dass Aenderungen nicht allein des tympanitischen, sondern auch des nichttympanitischen Percussionsschalles gesunder und kranker Lungen während tiefer Athembewegungen zu Tage treten, und dass auch bei letzterem Höhendifferenzen deutlich unterschieden werden können. In neuester Zeit haben Da Costa[1]) und Rosenbach[2]) die respiratorischen Aenderungen des Percussionsschalles mit Bestimmtheit erkannt und zum Gegenstand eingehender Untersuchungen gemacht. Ich selbst hatte bereits vor der Publication der von den genannten beiden Autoren gelieferten Arbeiten den respiratorischen Aenderungen des Percussionsschalles, für welche ich die Benennung „respiratorischer Schallwechsel" vorschlagen möchte, während längerer Zeit meine besondere Aufmerksamkeit zugewendet und war sowohl bezüglich der thatsächlichen Verhältnisse, wie hinsichtlich der aus denselben abzuleitenden diagnostischen Schlüsse zu Ergebnissen gekommen, welche nur zum Theil mit den von letztgenannten Autoren gewonnenen Resultaten übereinstimmen und welche mancherlei neue Gesichtspunkte darzubieten geeignet sein dürften.

Bevor ich zur Darstellung meines eigentlichen Themas übergehe, wird es zweckmässig sein, einen Rückblick auf jene Momente zu werfen, welche bei der Entstehung des nichttympanitischen Percussionsschalles der Lungen und seiner einzelnen Qualitäten concurriren. Leider fehlt es bezüglich der Bedeutung der einen bestimmenden Einfluss ausübenden Factoren, sowie der Dignität der in Betracht zu ziehenden Gebilde auch heute noch an einer übereinstimmenden Anschauung, insoferne man bald der Brustwand oder dem Lungenparenchym, bald der in den Lungenbläschen oder in den Bronchien enthaltenen Luft den einzigen oder wenigstens hauptsächlichsten Antheil an der Entstehung des nichttympanitischen Percussionsschalles zuschreiben zu müssen glaubte.

Bekanntlich legt Scoda[3]) für die Erklärung des nichttympanitischen, wie des tympanitischen Schalles das volle Gewicht auf die in der Lunge enthaltene Luft, welche als ein Continuum schwinge, und erkennt der Brustwand nur insoferne einen Einfluss zu, als sie je nach dem Grade ihrer Elasticität und Biegsamkeit die Fortpflanzung des Percussionsstosses auf die darunter liegende Lunge mehr oder

---

1) Respiratory Percussion. American Journ. of med. Sc. July 1875. p. 17.

2) Beitrag zur Lehre vom Percussionsschall des Thorax. Deutsches Archiv für klin. Med. Bd. XVII. 1876. S. 609.

3) Abhandlung über Percussion und Auscultation. Wien 1864. 6. Aufl.

minder begünstige. Der nichttympanitische Schall entstehe, wenn die Schwingungen der Lungenluft durch das Hinzutreten selbstständiger Schwingungen der gespannten Alveolarwandungen gestört würden, wie solches unter normalen Verhältnissen im geschlossenen Thorax der Fall sei. Befänden sich dagegen die Alveolarwandungen in erschlafftem und damit zu selbstständigen Schwingungen ungeeignetem Zustande, wie an der herausgenommenen, collabirten Lunge, so seien es die ungestörten, regelmässigen Schwingungen der Lungenluft allein, welche den dem Tone sich nähernden, tympanitischen Schall erzeugen.

In vollem Gegensatze zur Scoda'schen Doctrin steht die Wintrich'sche Theorie [1]), welche das feste Lungengewebe als das primitiv schallerzeugende Medium in den Vordergrund stellt und der im Lungengewebe eingeschlossenen Luft nur eine schallverstärkende, consonirende Rolle zuerkennt. Der Percussionsschall ist nach Wintrich tympanitisch, wenn die Schwingungen des Lungengewebes regelmässig erfolgen; werde die Regelmässigkeit dieser Schwingungen gestört, so verliere der Schall das Tympanitische und werde nichttympanitisch. Bei der herausgenommenen, collabirten Lunge bestehe aussen und innen gleicher Druck: daher die Möglichkeit regelmässiger Schwingungen des Parenchyms und demgemäss tympanitischer Schall. Im geschlossenen Thorax dagegen sei der auf die Aussenfläche der Lunge lastende Druck $= 0$, da der Atmosphärendruck durch die starre Thoraxwand getragen werde. Auf die Innenfläche des Lungengewebes dagegen laste ein Druck, welcher gleich ist dem Atmosphärendruck minus der Elasticität des Lungengewebes. In Folge dieser Verschiedenheit in den äusseren und inneren Druckverhältnissen würden die regelmässigen Schwingungen des Lungengewebes beeinträchtigt, wie ein nach einer Seite hin in seinen Excursionen gestörter Pendel, und der Schall werde geräuschartig, d. h. nichttympanitisch.

Wenn von Wintrich gegen die Scoda'sche Lehre der Einwand geltend gemacht werden konnte, dass in den Lungenbläschen wegen ihrer Kleinheit tönende Schwingungen nicht entstehen können, indem die kleinsten Räume, welche einen Schall von erkennbarer Höhe geben, niemals eine Luftsäule von unter 6''' besitzen, so war gegen Wintrich ebenso der Einwand von Schweigger [2]) berechtigt, dass in den Lungenbläschen, wenn dieselben zu kleine Räume

<hr />

1) Wintrich a. a. O.
2) Zur Theorie der Percussion. Virchow's Archiv. XI. 1857.

seien, um selbstständig zu tönen, auch keine Consonanz stattfinden
könne. Namentlich aber hat Zamminer[1] die Schwächen der Wintrich'schen Doctrin dargelegt und von physikalischem Gesichtspunkte aus entgegnet, dass der Einfluss eines beiderseits verschieden
dichten Mediums auf einen schwingenden Körper nur die Dauer und
Intensität, nicht aber die regelmässige Wiederkehr der Schwingungs-
periode treffe, und dass sehr klangreiche Töne durch Schwingungen
elastischer, von ungleich dichten Medien begrenzter Körper hervorgebracht würden, wie dies die Zungenpfeifen der Orgel u. dgl., selbst
die menschliche Stimme beweisen, bei welch letzterer in Folge des
verdichteten, von unten her andringenden Luftstromes ein grösserer
Druck auf die untere, als auf die obere Fläche der Stimmbänder
besteht. Immerhin aber bleibt Wintrich das Verdienst unbestritten,
die Bedeutung der Spannungsverhältnisse des Lungengewebes für die
Entstehung des Percussionsschalles und dessen Modificationen gegenüber dem einseitigen Standpunkte Scoda's hervorgehoben und durch
eine Reihe wichtiger Experimente ausser Frage gestellt zu haben.

Vor einiger Zeit hat Baas[2] den Beweis zu führen versucht,
dass der Percussionsschall als das Product der Schwingungen der
in den Bronchien enthaltenen Luft zu Stande komme. Der nichttympanitische („schwach resonirende") Lungenschall entstehe dadurch,
dass die mit Luft gefüllten Lungenbläschen die Wahrnehmung des
tympanitischen („stark resonirenden") Schalles der Bronchien ver-
decken, auf letzteren gewissermaassen als Dämpfer wirken; der nichttympanitische Schall sei einfach Folge von Störungen, welche die
einen tympanitischen Schall erzeugenden Schwingungen der Bron-
chienluft durch das durch Luft ausgespannte Lungengewebe erleiden.
Rosenbach[3] hat diese Theorie bereits eingehend widerlegt, nachdem schon längst Wintrich gezeigt hatte, dass die Bronchien schon
deshalb nicht als die Ursache des tympanitischen Schalles der herausgenommenen Lunge betrachtet werden können, weil Zudecken der
Bronchienmündung die Höhe desselben nicht beeinflusse.

Wenn Rosenbach[4] behauptet, dass Verschluss des Bronchus einer
herausgenommenen Lunge den tympanitischen Schall derselben vertiefe,

<hr>

1) Seitz-Zamminer, a. a. O. S. 50.
2) Ueber den auf Relaxation des Lungengewebes innerhalb der geschlossenen
Brusthöhle zurückgeführten stark resonirenden Schall. Deutsches Archiv für klin.
Med. Bd. XIII. 1874. S. 157.
3) Die Relaxation des Lungengewebes etc. Ebenda. Bd. XVIII. 1876. S. 68.
4) Beitrag zur Lehre vom Percussionsschall des Thorax. Ebenda. Bd. XVII.
1875. S. 622.

so muss ich nach eigener experimenteller Prüfung mich entschieden auf
Seite Wintrich's stellen. Ich war niemals im Stande, eine Höhenän-
derung des tympanitischen Schalles einer retrahirten Lunge bei Verschluss
des eintretenden Bronchus zu erkennen, selbst wenn ich ganz nahe der
Lungenwurzel die Percussion ausübte. Durchschnitt ich einen Lungenlappen so, dass die in demselben verlaufenden Bronchien der Quere nach
getroffen wurden, so blieb die Höhe des tympanitischen Schalles dieselbe,
auch wenn die Schnittfläche mit einem Pappdeckel bedeckt und damit die
Durchschnitte sämmtlicher Bronchien geschlossen wurden. Schneidet man
von den Randpartien einer Lunge Stücke ab, so ergeben auch diese einen
tympanitischen Schall, für dessen Entstehung man wohl kaum die in ihnen
gelegenen kleinsten Bronchiolen wird verantwortlich machen wollen.

Gegenüber dem Widerstreite der Meinungen, welche bald die in
der Lunge oder in den Bronchien enthaltene Luft, bald das feste
Lungengewebe in einer mehr oder minder exclusiven Weise als die
eigentliche Tonquelle beanspruchen, darf man wohl darauf hinweisen,
dass wir es bei der Percussion der Lunge ebenso wenig mit einem
einfachen Luftschallraume, wie mit einem einfachen membranösen
Gebilde zu thun haben, und dass es nicht gestattet sein dürfte, die
für solche gefundenen physikalischen Gesetze auf die Lunge einfach
zu übertragen. Die Lunge stellt ein äusserst complicirtes Object dar,
zusammengesetzt aus elastisch-flüssigen (Luft) und tropfbar-flüssigen
Medien (Blut, Gewebsfeuchtigkeit, Secret der Schleimhäute), sowie
aus in wechselnden Zuständen von Spannung und Elasticität sich
befindenden Theilen (Stroma, Wände der Alveolen und Bronchien,
der Blut- und Lymphgefässe, Nerven, Epithelien), überdies umgeben
von einer elastischen Membran (Pleura), welche für die Bildung des
Percussionsschalles gleichfalls nicht ausser Rechnung bleiben kann.
Indem alle diese die Lunge als Gesammtorgan constituirenden Bestandtheile bei der Percussion immer zusammen in Schwingung gerathen, können wir den Einfluss, welchen jeder einzelne Bestandtheil
auf den Percussionsschall ausübt, nicht wohl gesondert betrachten;
denn mit jeder Aenderung des einen Theiles erleiden sofort auch
die anderen Theile gewisse Aenderungen, und wir können keine
Zu- oder Abnahme der Luft im Lungenparenchym herbeiführen, ohne
zugleich auch die Spannung der Alveolarwände, der Pleura, der Gefässe u. s. w. zu vermehren oder zu vermindern. Man wird eben
immer nur die Lunge als Ganzes, als einen aus sehr hetero-
genen Bestandtheilen zusammengefügten Körper dem Experimente
unterziehen und durch letzteres, sowie durch die klinische Forschung
am lebenden Menschen deren Schwingungsverhältnisse zu erforschen
bestrebt sein können.

Die nach dieser Richtung hin angestellten Untersuchungen haben ergeben, dass die Lunge je nach ihren verschiedenen Spannungszuständen eine sehr ungleiche Schwingungsfähigkeit besitzt. Man wird mit Seitz und Zamminer anerkennen müssen, dass die in der geschlossenen Brusthöhle befindliche Lunge ein schlecht schwingender Körper ist, indem sie über die Grenzen, innerhalb deren sie am besten schwingen würde, d. h. über die Grenzen ihres natürlichen Elasticitätszustandes hinaus, ausgespannt ist. Daher hat der normale Schall am Thorax nichts Klangvolles; er ist nach Seitz-Zamminer's Terminologie „dumpf, gedämpft", d. h. nichttympanitisch [1]. Dagegen ist die herausgenommene, entspannte, in ihrem natürlichen Elasticitätszustande befindliche Lunge ein gut schwingendes Medium und ergibt als solches einen klangartigen, d. h. tympanitischen Schall. Alle Verschiedenheiten des Percussionsschalles am Thorax haben ihren Grund in einem bald höheren, bald geringeren Grade von Schwingungsfähigkeit der percutirten Lungentheile, ohne dass man sagen könnte, die Luft oder das feste Parenchym bilde allein für sich den tonerzeugenden Factor. Freilich wird man dabei nicht in Abrede stellen können, dass jede Aenderung im Volumen oder in den sonstigen physikalischen Verhältnissen des einen oder anderen die Lunge constituirenden Theiles an sich einen modificirenden Einfluss auf den Percussionsschall wird ausüben müssen, und es würde auch unter der Voraussetzung, dass die festen Parenchymtheile das wesentlich schallgebende Medium wären, keineswegs gleichgiltig sein können, ob mehr oder weniger Luft in den Alveolen vorhanden ist, sowie andererseits auch die Vertheidiger der allein schallerzeugenden Rolle der Lungenluft es nicht für irrelevant würden erklären wollen, wie sich die Spannungs- und Elasticitätszustände der festen Bestandtheile verhalten.

Die Schwierigkeiten in der Beurtheilung des Einflusses der bei Entstehung des Percussionsschalles in Betracht kommenden Verhältnisse werden wesentlich gesteigert, wenn wir die Brustwand, d. h. das Thoraxskelet mit den dasselbe verbindenden und umgebenden Weichtheilen hinzunehmen. Manche Autoren suchten die Brustwand als die wesentliche Erzeugerin des Percussionsschalles, als das eigent-

---

1) Seitz-Zamminer nennen den normalen, nichttympanitischen Percussionsschall „dumpf", „gedämpft", während Scoda und seine Schule in strictem Gegensatze dazu denselben als „voll", „sonor" bezeichnen. Seitz-Zamminer wählten eben ihre Benennung des normalen Lungenschalles im Gegensatz zum hellen, klangvollen, tympanitischen Schall, Scoda im Gegensatz zum leeren, dumpfen Schall luftleerer Theile.

lich tongebende Medium darzustellen. Nach Williams, welcher zuerst diese Ansicht vertheidigte, kommen die in der Thoraxhöhle befindlichen Organe nur insoweit in Betracht, als sie die Schwingungen der Brustwand bald mehr oder minder hemmen, bald ungestört vor sich gehen lassen. Später waren es Mazonn[1]) und F. Hoppe[2]), welche diese Anschauung, wenn auch mit gewissen Modificationen, vertraten. Nach Mazonn werden die tönenden Schwingungen der Brustwand durch Consonanz der im Brustraum enthaltenen Luft nur verstärkt, dagegen die verschiedenen Grade der Helligkeit des Percussionsschalles durch Verschiedenheiten in der Schwingungsfähigkeit der Brustwand, die Höhe desselben durch die Grösse des schwingenden Theiles der Brustwand bestimmt. F. Hoppe, der die Rolle der Thoraxwand als schallerzeugenden Mediums am weitesten fasst, überträgt einfach die für transversale Schwingungen von Platten giltigen Gesetze auf die Brustwand, lässt diese bei der Percussion in ihrer ganzen Ausdehnung in Schwingungen gerathen und erblickt in deren besonderen Biegung den die Schwingbarkeit modificirenden und die Tonhöhe, Intensität und Dauer des Schalles wesentlich influirenden Factor. Da die Schwingungen der Brustwand durch die stärkere Spannung der normalen Lunge gehindert würden, so komme der nichttympanitische Schall zu Stande; fehle dagegen bei schlaffer, entspannter Lunge dieses Hinderniss, so entstehe in Folge regelmässiger Schwingungen der Brustwand der tympanitische Schall. Kürzlich hat wiederum Jastschenko[3]) den Einfluss der Thoraxwand auf den Percussionsschall discutirt, geht indessen nicht so exclusiv zu Werke, wie seine Vorgänger, indem er zugibt, dass der tympanitische Schall durch gemeinsame Schwingungen der Brustwand und der Lungen bedingt werde.

In einem in neuerer Zeit erschienenen Werke, welches als eine sehr beachtenswerthe Leistung auf dem Gebiete der Diagnostik bezeichnet werden darf, hat Stern[4]) in einer sehr eingehenden Weise die Rolle der Brustwand bei der Entstehung des Percussionsschalles besprochen und leugnet vollkommen die Möglichkeit transversaler Schwingungen derselben. Wenn auch eine transversale Ausbiegung der Thoraxwand in der Stossrichtung wirklich zu Stande komme und solche wohl auch mehrmals sich wiederhole, so involvire doch der Begriff einer stehenden Schwingung eine ganz andere Art von

---

1) Die Theorie der Percussion. Prager Vierteljahrschrift. IX. 1852.
2) Zur Theorie der Percussion. Virchow's Archiv. VI. 1854. S. 143.
3) Deutsches Archiv für klin. Med. Bd. XII. S. 64. 1873.
4) Diagnostik der Brustkrankheiten. Wien 1877.

Wiederholung einer gewissen Bewegung, als sie am Thorax möglich sei. Stern stellt sich die Sache so vor, dass durch den Percussionsstoss momentane Verschiebungen („primäre Verdichtungsverschiebungen") der Theilchen des Plessimeters oder des an dessen Stelle aufgelegten Fingers, sowie derjenigen Stelle der Thoraxwand, welche der Stoss direct trifft, erzeugt werden, welche in der Lunge „secundäre Verschiebungen" und dadurch Resonanz erregen. Diese secundären Verschiebungen seien die eigentlich schallgebenden Bewegungen. Nur die Luft in der Lunge liefere den sonoren Schall, und der Einfluss der festen, die Lungensubstanz constituirenden Theile könne nur darin bestehen, dass in ihnen selbstständige Verschiebungen zu Stande kommen, welche, auf die Luft übergreifend, die Verschiebungen der letzteren modificiren. Wenn auch die kleinen Lufträume einzeln einen hörbaren Schall nicht geben können, so sei doch ihre elastisch-zusammenhängende Summe sehr wohl einen solchen Effect hervorzubringen im Stande.

Es kann unserer Ueberzeugung nach keinem Zweifel unterliegen, dass die Thoraxwand als ein zu selbsttönenden Schwingungen ungeeigneter Körper nicht die eigentliche Tonquelle bildet; es zeigt dies schon der vollkommen matte und schwache Schall, welchen ein Stück derselben, wenn man es in freier Luft percutirt, ergibt. Die eigentliche Tonquelle bleibt immer nur die Lunge als Gesammtorgan, und es besitzt die Thoraxwand nur insoferne einen bedeutenden Einfluss auf gewisse Qualitäten des Percussionsschalles, vorzugsweise auf dessen Intensität, als sie je nach ihrer Biegsamkeit, Elasticität, Dicke und Architektonik die durch den Percussionsschlag ihr ertheilten Bewegungen nach mechanischen Gesetzen auf einen grösseren oder geringeren Flächen- und Tiefenumfang der Lunge mittheilt und den dadurch in letzterer erzeugten Schall mehr oder minder leicht an die äussere Atmosphäre zum Ohre des Beobachters gelangen lässt.

Es würde irrthümlich sein, wenn man sich vorstellen wollte, dass die Thoraxwand durch den ihr an irgend einem Punkte ertheilten Percussionsstoss in ihrer ganzen Ausdehnung oder auch nur auf eine grössere Flächenausdehnung hin in Bewegung versetzt werde. Die der Brustwand mitgetheilten Bewegungen (Stern's primäre Verdichtungsverschiebungen) gelangen vielmehr schon in geringer Entfernung von der Stelle des Anschlags zur Ruhe, und man kann sich von der Richtigkeit dieses Satzes leicht überzeugen, wenn man Dämpfer auf die Thoraxwand einwirken lässt. Uebt man z. B. mit der flach aufgelegten Hand einen noch so kräftigen Druck auf die Rückenfläche des Brustkorbes aus, so wird der Percussionsschall an der Vorderfläche desselben dadurch in keiner Weise alterirt und umgekehrt; selbst ein in unmittelbarer Nähe einer beliebig gewählten Percussionsstelle angebrachter Druck bleibt auch bei starken Schlägen ohne wahrnehmbaren Einfluss. Dasselbe negative Resultat bekommt man, wenn man den Versuch in der Weise anstellt, dass man durch einen Gehilfen den Oberarm fest an die Seitenwand des Thorax andrücken lässt: der Percussionsschall bleibt auch in nächster Nähe des Oberarms derselbe wie vorher, während allerdings actives Anpressen des Oberarms den Schall an der vorderen Thoraxfläche ändert, aber nicht in Folge des Drucks, sondern in Folge der durch die Contraction sich verdickenden Pectoralmusculatur. Ich muss hier Mazonn, welcher solche und ähnliche Versuche mit angeblich positivem Resultate anstellte und hieraus ein Hauptargument für seine Theorie der tonerzeugenden Schwingungen der Brustwand ableitete, entschieden entgegentreten und kann nur versichern, dass für mein Ohr bemerkbare Unterschiede nicht vorhanden sind.

Die Fähigkeit der Thoraxwand, durch den Percussionsstoss die für die Erzeugung schallender Lungenschwingungen erforderliche Impression zu erleiden, ist dann am vollkommensten, wenn dieselbe in ihrer elastischen Gleichgewichtslage sich befindet, welche unter physiologischen Verhältnissen dem Ende einer ruhigen Exspirationsbewegung entspricht. Wird diese Stellung nach einer oder der anderen Richtung überschritten und damit die Spannung des Brustkorbes gesteigert, sei es durch eine stärkere inspiratorische Hebung, sei es durch eine das Maass der ruhigen Ausathmung überschreitende Exspiration, so wird die Impressionsfähigkeit der Thoraxwand vermindert, und es werden alsdann bei gleicher Stärke und Richtung des Percussionsstosses weniger ausgebreitete Schwingungen in der Lunge erregt werden können. Da aber mit Zunahme der schwingenden Lungenmasse die Tiefe und Intensität des Percussionsschalles wächst und umgekehrt, so begreift sich, dass letzterer durch wechselnde Spannungszustände der Brustwand bestimmte Aenderungen erleiden muss, welche uns später bei Betrachtung des respiratorischen Schallwechsels eingehender beschäftigen werden.

Den Einfluss, welchen die an den einzelnen Stellen verschiedenen physikalischen Eigenschaften der Thoraxwand auf den Percussionsschall ausüben, kann man sich jeden Augenblick vergegenwärtigen, wenn man verschiedene, einander räumlich selbst sehr nahe gelegene Stellen unter einander vergleicht. Percutirt man am lebenden Thorax eine Rippe in der Weise, dass man den Finger der Länge nach auf dieselbe auflegt, so ist, wie dies schon

Seitz [1] erkannt hatte, der Schall sehr verschieden von jenem Schall, den man bekommt, wenn man den angrenzenden Intercostalraum in gleicher Art percutirt: der reine Rippenschall ist höher, kürzer und schwächer als der reine Intercostalschall. Percutirt man an derselben Region des Thorax Rippe und Intercostalraum gleichzeitig in der Weise, dass man den Finger parallel zur Längsaxe des Körpers auflegt, so erhält man einen Schall, welcher bezüglich seiner Qualitäten zwischen dem reinen Rippenschall und dem reinen Intercostalschall die Mitte hält.

Ich habe diese Prüfungen in Gemeinschaft mit in den physikalischen Untersuchungsmethoden geübten Personen wiederholt angestellt und gefunden, dass, was die Schallintensität anlangt, der reine Rippenschall schon in einer geringeren Entfernung verschwindet, als der reine Intercostalschall, so dass z. B. in einem anstossenden geschlossenen Zimmer letzterer noch deutlich gehört wurde, während ersterer bereits verschwunden war. Auch durch mehr oder minder dichtes Verstopfen der Ohren mit Charpie oder Watte kann man ein Stadium herstellen, in welchem der Rippenschall nicht mehr, der Intercostalschall aber noch deutlich vernommen wird. Selbstverständlich wird man zur Erzielung correcter Resultate stets gleich starke und in gleicher Richtung geführte Percussionsschläge ausüben und darauf achten müssen, dass der Percutirte jede tiefere Athembewegung, während welcher der Schall Veränderung erleiden würde, vermeide.

Ein von allen übrigen Regionen des Brustkorbes abweichendes Verhalten bietet das Sternum, an dessen einzelnen Stellen der Schall unter normalen Bedingungen überall der gleiche ist; auch bedingt es hier keinen Unterschied, ob man auf dem der Länge oder Quere nach aufgelegten Finger perkutirt. An Intensität und Grösse (Sonorität) kommt der Sternalschall dem reinen Intercostalschall mindestens gleich, ist jedenfalls immer erheblich voller, als der reine Rippenschall. Verschiedenheiten des Percussionsschalles an den einzelnen Stellen des Sternums, wie sie Seitz (a. a. O. S. 197) beschrieben hat, konnte ich bei normalen Individuen niemals erkennen, muss vielmehr Stern (a. a. O. S. 323) beipflichten, welcher keine merklichen Differenzen finden konnte [2]. Der Grund dieses besonderen Verhaltens des Sternums liegt in dessen homogener Structur und continuirlicher Fläche, vermöge deren dasselbe, gleichviel an welcher Stelle der Percussionsstoss ausgeübt wird, immer als Ganzes schwingt und immer die gesammte darunterliegende Lungenmasse in Schwingungen versetzt. Nur am untersten Abschnitte des Sternums besteht häufig, aber keineswegs constant, ein leichter Grad von Dämpfung, wenn nämlich die Lungenränder höher oben und stärker, als es die Regel ist, divergiren und dadurch ein ungewöhnlich grosser Abschnitt der hinteren Sternalfläche vom Herzen begrenzt wird.

---

1) Seitz-Zamminer, a. a. O. S. 190.
2) Vergl. mein Handbuch der Krankheiten des Herzens. 2. Aufl. Erlangen 1867. S. 66.

Zu der bei den einzelnen Individuen und an den verschiedenen
Regionen variablen Biegsamkeit und Elasticität des Brustkorbes ge-
sellen sich dessen verschiedene Dicke und Architektonik als den
Percussionsschall wesentlich influirende Momente. Eine erhebliche
Dicke der den Thorax bedeckenden Weichtheile beeinträchtigt nicht
allein die Fortpflanzung des Stosses auf die Lunge, sondern erschwert
auch das Heraustreten der im Innern erzeugten Schallwellen an die
äussere Atmosphäre. Daher ist der Percussionsschall an einer und
derselben Stelle und bei gleicher Stärke des Anschlages intensiver
bei fett- und muskelarmen, als bei fettleibigen und fleischigen Individuen. Bei zwei mit progressiver Muskelatrophie behafteten Män-
nern, deren Thoraxmusculatur bis zum Aeussersten geschwunden war,
überzeugte ich mich von einer ganz ungewöhnlichen Intensität des
Schalles auch bei nur schwachen Percussionsschlägen. Je mehr die
Thoraxwand an der percutirten Stelle von der ebenen Fläche ab-
weicht, d. h. je convexer dieselbe ist, desto mehr verliert der Schall
an Stärke und Tiefe, weil mit Zunahme des Krümmungsradius die
Fähigkeit des Thorax, durch den Percussionsstoss eine Einbiegung
zu erleiden, ceteris paribus sich vermindert, die darunter gelegenen
Lungentheile in geringerem Umfang erschüttert werden, und auch
das Heraustreten der Schallwellen durch stärkere Reflexion an der
inneren, concaven Fläche beeinträchtigt wird. Daher ist der Schall
schwächer und höher an solchen Stellen des Thorax, wo die Rippen
umbiegen, sowie an den Stellen besonderer Convexität kyphotischer
Thoraxformen. Weshalb aber, wie Stern [1]) meint, die schallgebenden Schwingungen des Lungenparenchyms nur durch die Intercostalräume und nicht auch durch die knöchernen und knorpeligen Theile
des Thoraxskeletes zur äusseren Atmosphäre sollten gelangen können, ist nicht ersichtlich.

Nachdem wir im Vorstehenden der Einflüsse gedachten, welche
die äussere Brustwand auf den Percussionsschall ausübt, werden
wir uns auch die in der Lunge selbst, als dem eigentlich schallgebenden Medium, gelegenen Momente vergegenwärtigen müssen,
welche das Verhalten des Percussionsschalles in wesentlicher Weise
bestimmen. Hierbei kommen vor Allem in Betracht die Spannungszustände des Lungenparenchyms, der Luftgehalt der
Alveolen, sowie die Grösse der in Schwingungen versetz-
ten Lungenmasse.

Wie sehr die Spannungsverhältnisse des Lungengewebes die Höhe des Percussionsschalles beeinflussen, hat schon

---

1) a. a. O. S. 352.

Wintrich[1]) gezeigt, indem er nachwies, dass der tympanitische Schall eines herausgenommenen Lungentheiles um so höher wird, je mehr man denselben durch Dehnung spannt. Körner meint, dass diese Höhenzunahme des Schalles durch die bei der Dehnung sich vermindernde Dicke des Lungenstückes entstehe; indessen ist letztere sicherlich nicht die Hauptsache, indem Zamminer[2]) den Beweis führte, dass die Zunahme der Schwingungszahlen des Percussionsschalles bei zunehmender Dehnung der percutirten Lungenschichte nicht im Verhältniss steht zur Abnahme der Dicke, folglich der Percussionsschall ganz unabhängig von der Dickenabnahme des gedehnten Lungenstückes sich erhöht. Auch die Lungenpleura kommt für die Gestaltung des Percussionsschalles sicherlich in Betracht, und es wird nicht zu bezweifeln sein, dass deren grössere oder geringere Spannung nach derselben Richtung, wie die Spannungsgrade des eigentlichen Lungenparenchyms, die Höhe des Percussionsschalles beeinflusst.

Während nun bei der herausgenommenen, durch äusseren Zug gedehnten Lunge die wechselnde Spannung des Parenchyms dominirend und bestimmend auf die Höhe des Percussionsschalles einwirkt und hierbei sich die für die Schwingungen einfacher Saiten und Membranen giltigen Gesetze wiederholen, gestalten sich die Verhältnisse complicirter, wenn man eine herausgenommene, entspannte Lunge durch eine in dem Hauptbronchus befestigte, mit einem in jedem Momente den Abschluss ermöglichenden Hahn versehene Röhre langsam aufbläst und somit durch innere Dehnung — sit venia verbo — dieselbe in einen Zustand gesteigerter Spannung versetzt. Man erkennt bei diesem Versuche, dass der tympanitisch helle, je nach der Grösse des zum Experiment benutzten Lungenflügels eine wechselnde Höhe besitzende Schall unter Einbusse seiner tympanitischen Klangfarbe zunächst zunehmend sich vertieft. Letzteres ist indessen nur bis zu einer gewissen Grenze der Spannung der Fall; sobald man dieselbe durch fortgesetztes Lufteinblasen überschreitet, so beobachtet man eine zweite Aenderung des Schalles: d. h. derselbe wird wieder höher und kürzer. Man kann also, indem man eine collabirte Lunge langsam bis zu starker Spannung aufbläst, einen doppelten Schallwechsel unterscheiden: bei mässiger Spannung wird der Schall der collabirten Lunge unter Verlust seines Tympanismus tiefer, bei starker Spannung weiterhin höher und kürzer. Lässt man

---

1) a. a. O. S. 19.
2) Seitz-Zamminer, a. a. O. S. 46.

durch Oeffnen des Hahnes die Luft aus der stark aufgeblasenen Lunge langsam entweichen, so kann man die bezeichneten Stadien in rückläufiger Weise deutlich zur Wahrnehmung bringen.

Wenn nun, wie das Experiment zeigt, der Schall einer collabirten Lunge durch Aufblasen zunächst tiefer, weiterhin höher wird, so ergibt sich hieraus, dass die Spannungsverhältnisse des Lungengewebes nicht die einzigen, die Höhe des Percussionsschalles bestimmenden Factoren sein können, indem sonst gleich von vorneherein der Schall zunehmend höher werden müsste und nicht ein durch Tieferwerden des Schalles bezeichnetes Zwischenstadium sich einschieben könnte. Die Meinung, ob nicht das anfängliche Tieferwerden des Schalles durch die Dickenzunahme der Lunge bedingt sein könnte, widerlegt sich durch die Thatsache, dass späterhin bei gesteigertem Aufblasen und damit noch mehr gesteigerter Dickenzunahme der Lunge der Schall an Höhe zunimmt. Ordnet man den Versuch in der Weise an, dass man den Schall zweier möglichst gleich dicker Lungenpartien vergleicht, von denen die eine collabirt, die andere mässig aufgeblasen ist, so schallt letztere immer tiefer als erstere, obgleich die Dicke derselben die gleiche ist.

Wenn nun aber die durch äusseren Zug gedehnte Lunge einen höheren, die von innen her durch Aufblasen bis zu einem gewissen Grad gedehnte Lunge einen tieferen Schall gibt, als die im Gleichgewichtszustande befindliche, collabirte Lunge, und dies auch bei gleicher Dicke der percutirten Gesammtmasse der Fall ist, so wird die Ursache des Tieferwerdens des Schalles bei mässiger Spannung nur in der die Lunge erfüllenden grösseren Luftmenge gesucht werden können, welche die in der entgegengesetzten, d. h. den Schall erhöhenden Richtung wirkenden Einflüsse der gesteigerten Gewebsspannung überwiegt. Hat bei stark aufgeblasener Lunge die Gewebsspannung einen gewissen Grad überschritten, so gewinnt letztere wiederum das Uebergewicht und wird bestimmend für die Höhe des Percussionsschalles. Wir finden also, dass bei den verschiedenen Spannungszuständen des Lungengewebes, welche wir uns nicht ohne gleichlaufende Verschiedenheiten in Bezug auf die enthaltene Luftmenge denken können, ein steter Widerstreit der die Qualität des Schalles influirenden Factoren stattfindet: bald ist die Luftmenge, bald der Spannungszustand des festen Lungengewebes von dominirendem Einfluss auf die Höhe des Percussionsschalles.

Dieselben Verhältnisse, wie sie bisher für die herausgenommene Lunge geschildert wurden, finden sich an der innerhalb des Thorax eingeschlossenen normalen Lunge wieder. Bei letzterer befindet sich

das Lungengewebe in jenem Zustande der Spannung und des Luftgehaltes, wie er bei der herausgenommenen Lunge durch mässiges
Aufblasen hergestellt wird; daher ist der nichttympanitische Schall
am normalen Thorax stets tiefer, als der Schall einer herausgenommenen, entspannten Lunge. Die in der Brusthöhle durch innere
Dehnung ausgespannte Lunge würde vermöge der stärkeren Gewebsspannung einen höheren Ton geben müssen, als die herausgenommene
Lunge, wenn wir es nur mit einem einfachen membranösen Gebilde
zu thun hätten, und nicht mit jeder Steigerung der Gewebsspannung
immer zugleich eine Aenderung, d. h. Vermehrung des Luftgehaltes
unzertrennlich verbunden wäre, wodurch die Masse des festen Gewebes relativ sich vermindert. Lassen wir eine möglichst tiefe Inspiration vollführen, so wird am normalen Thorax der Schall höher
und kürzer, als bei ruhiger Athmung; es tritt eben jetzt derselbe
Schallwechsel ein, wie er sich durch starkes Aufblasen einer herausgenommenen Lunge im Vergleich zur mässig aufgeblasenen Lunge
erzeugen lässt. Zwischen dem lauten, tiefen und vollen Schall einer
möglichst lufthaltigen, z. B. emphysematösen Lunge und dem schwachen, kurzen und hohen Schall einer vollständig luftleeren, z. B.
hepatisirten Lunge können wir uns alle möglichen Zwischenzustände
denken, in denen bald die Luft das feste Gewebe, bald letzteres
erstere überwiegt, und es entspricht diesen verschiedenartigsten Zuständen ein Schall von sehr variabler Tiefe und Intensität. Der
Schall wird innerhalb einer gewissen Grenze um so tiefer und lauter,
je mehr die Luft das feste Gewebe überwiegt, dadurch die Masse
der festen Gewebstheile relativ sich vermindert und damit die Verhältnisse mehr dem für die Intensität und Tiefe des Schalles gün-
stigsten Zustande sich annähern, wie er bei einfachen Luftschall-
räumen, z. B. Pneumothorax, gegeben ist.

Was endlich den Einfluss anbetrifft, welchen die Grösse der
schwingenden Lungenmasse auf den Percussionsschall ausübt,
so dürfte zunächst daran zu erinnern sein, dass wir durch die selbst
mit möglichst kräftigen Schlägen ausgeübte Percussion niemals im
Stande sind, durch die ganze Lunge hindurch oder auch nur über
den grösseren Theil derselben sich verbreitende Schwingungen zu
erregen. Es gelingt immer nur eine grössere oder kleinere, unterhalb
der percutirten Stelle gelegene Masse des Lungengewebes in tönende
Schwingungen zu versetzen, welche hauptsächlich in die Tiefe, d. h.
in der Richtung des ausgeübten Percussionsstosses („Parallelismus der
Molecularerschütterung"), weniger in transversaler Richtung sich aus-
breiten und in nicht allzugrosser Entfernung von der Percussions-

stelle zur Ruhe gelangen [1]). Wir haben in der Lunge einen aus sehr differenten Medien zusammengesetzten Körper gegeben, welcher durch zahllose membranöse Scheidewände in eine Unzahl kleinster Lufträume abgetheilt ist, wodurch die ungestörte und allseitige Verbreitung der Erschütterungswellen in hohem Grade beeinträchtigt wird. Würde durch den Percussionsstoss die ganze Lunge der betreffenden Seite in Schwingungen versetzt werden können, so müsste jede irgendwo innerhalb derselben gelegene luftleere Partie von hinreichender Grösse (centrale Pneumonie), insofern dieselbe die Grösse der tönenden Gesammtmasse verminderte, durch eine Aenderung des an jeder beliebigen Stelle der kranken Thoraxseite hervorgebrachten Percussionsschalles nachgewiesen werden können, was aber thatsächlich nicht der Fall ist; es müsste selbst unter normalen Verhältnissen wegen der Lage des Herzens die Percussion an jeder beliebigen Stelle der linken Thoraxhälfte ein anderes Resultat ergeben, als rechterseits. Aber nur dann, wenn innerhalb des Bereiches der durch den Percussionsstoss überhaupt in Schwingungen versetzbaren Lungenmasse ein luftleerer Körper zu liegen kommt, wird der Percussionsschall eine Aenderung erleiden und mehr oder minder von dem Schall an der symmetrischen Stelle der anderen Seite differiren.

Anders freilich verhält es sich mit der von Lunge befreiten Thoraxhälfte, z. B. bei diffusem Pneumothorax. Hier erfüllt kein die allseitige Ausbreitung der Schwingungen störendes Medium das Thoraxcavum, vielmehr wird der gesammte einfache Luftschallraum, gleichviel an welcher Stelle der Brustwand der Percussionsschlag ausgeübt wird, in tönende Schwingungen versetzt, wie dies auch die klinischen Erfahrungen bezüglich des bei Pyopneumothorax constatirbaren Höhenwechsels des Percussionsschalles bei verschiedener Stellung des Körpers und dadurch gesetzten Aenderungen des grössten Durchmessers des Schallraumes beweisen. Vergleicht man den Schall der pneumothoracischen Seite mit dem der gesunden, so ist ersterer lauter und tiefer als letzterer, wenn nicht eine besonders hochgradige Spannung der Brustwand der kranken Seite ihre in gegentheiligem Sinne wirkenden Einflüsse in überwiegender Weise geltend macht. Daher ist auch der Schall des von der Bauchhöhle her entleerten Thorax tiefer und intensiver als vorher, als noch lufthaltige Lunge denselben erfüllte, und jeder nicht tönende, die Verbreitung der Schwingungen beeinträchtigende Körper von hinreichender Grösse, der in den leeren Raum hineingehalten wird, vermindert die bezeich-

---

[1] Vgl. Seitz-Zamminer a. a. O. S. 37.

neten Schallqualitäten. Hier darf wohl auch an die Versuche von
Zamminer [1]) erinnert werden, nach welchen der laute Schall leerer
Schachteln gedämpft werden kann, wenn man dieselben mit Lungensubstanz oder anderen, Luft zwischen sich fassenden, lockeren Kör-
pern erfüllt.

Wenn es zweifellos ist, dass die durch den Percussionsstoss zu
tönenden Schwingungen erregte Lungenmasse je nach der Stärke des
Anschlages, sowie je nach dem Grade der Elasticität und Biegsamkeit der percutirten Stelle der Brustwand eine innerhalb gewisser
Grenzen sehr verschieden grosse ist, so müssen wir zugeben, dass
hieraus Differenzen nicht allein auf Intensität, sondern auch auf
Dauer und Tiefe des Schalles erwachsen müssen. So kann man,
abgesehen von den Verschiedenheiten der Intensität, in der That
auch eine deutliche Höhendifferenz des nichttympanitischen Schalles
am normalen Thorax erkennen, wenn man an einer und derselben
Stelle stark oder schwach percutirt. Da durch einen kräftigen Schlag
eine grössere Lungenmasse auf eine grössere Tiefe in Schwingungen
versetzt wird, als durch einen schwachen, so wird der Schall nicht
blos tiefer und lauter, sondern zugleich länger, weil auch die Dauer
des Schalles proportional ist der Grösse der schwingenden Masse.
Selbstverständlich wird man bei diesen Versuchen genau darauf achten
müssen, dass der Percutirte keine tiefen Athemzüge vollführt, welche
vermöge ihres Einflusses auf die Eigenschaften des Percussionsschalles
leicht zu Irrthümern Veranlassung geben könnten.

Auch an der herausgenommenen Lunge kann man, wie dies
bereits Wintrich zeigte, leicht nachweisen, dass bei gleicher Gewebsspannung der Schall einer dickeren Lungenschichte tiefer ist,
als der einer dünneren, und dass aus demselben Grunde ein kleiner
Lungenlappen höher schallt als ein grosser. Es gilt dies nicht nur
für die retrahirte, tympanitisch schallende Lunge, sondern in gleicher
Weise auch für die aufgeblasene, gespannte Lunge, deren nichttym-
panitischer Schall an Tiefe zunimmt, je weiter entfernt vom scharfen
Rande, d. h. eine je dickere Lungenschichte man percutirt. Der
Schall einer auf eine resistente Unterlage gelegten Lungenschichte
wächst verhältnissmässig an Tiefe, wenn man eine zweite Lungenschichte darüber legt, obgleich hierbei weder Spannung, noch Luftgehalt des Parenchyms, sondern lediglich die Grösse der schwingenden Masse, d. h. die Tiefe der schwingenden Säule geändert wird.

Wie weit die Erschütterungswelle in die Tiefe sich erstreckt

---

1) Seitz-Zamminer a. a. O. S. 18.

lässt sich im Allgemeinen nicht angeben; jedenfalls hängt diese Entfernung von verschiedenen Momenten ab, unter denen, abgesehen von der Stärke des Anschlages, die Elasticität der Thoraxwand und die Grösse des Krümmungsradius derselben an der percutirten Stelle zumeist in Betracht kommen dürften. An der vorderen rechten Thoraxfläche möchte ich bei einem mässig kräftigen Anschlag jene Entfernung auf etwa 5 Cm. veranschlagen, ohne dass ich aber hiermit mehr, als eine nur approximative Zahl ausgesprochen haben möchte. Ich verweise hier auf die Bemerkungen, welche ich später bei Betrachtung des respiratorischen Schallwechsels, resp. der neutralen Zone, geben werde. — In transversaler Richtung verbreitet sich die Erschütterung jedenfalls weniger weit, wie man leicht aus folgendem Experimente erkennen kann. Trennt man durch einen Schnitt einen Lungenlappen in zwei Theile A und B und percutirt

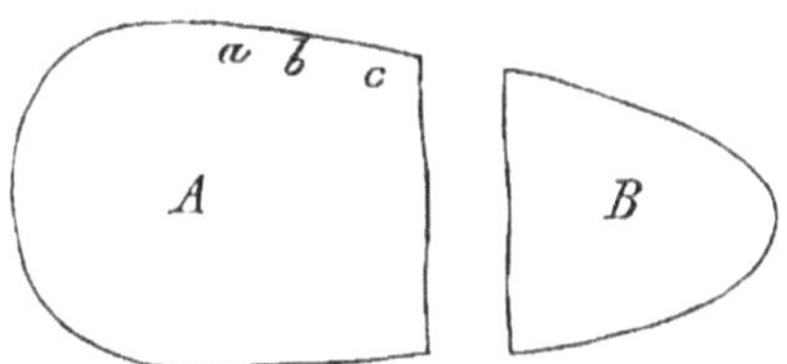

A an den von der Schnittfläche 2—3 Cm. entfernten Stellen a und b, so ist der Schall derselbe, gleichviel ob das Stück B an die Schnittfläche angelegt wird oder nicht. Percutirt man aber A in der Nähe der Schnittfläche bei c, etwa 1 Cm. von letzterer entfernt, so wird der Schall sofort tiefer, wenn man das Stück B anlegt. Die Dicke des percutirten Lungentheiles ändert sich hierbei nicht, wohl aber die Grösse der schwingenden Masse, welche für die Tiefe des Percussionsschalles wesentlich in Betracht kommt. Ich glaube nach dem Ergebnisse des Experimentes die Entfernung, bis zu welcher an der herausgenommenen Lunge die Percussionserschütterung in transversaler Richtung sich forterstreckt, auf ca. 2 Cm. veranschlagen zu dürfen.

———

Es ist aus dem Bisherigen ersichtlich, dass der Percussionsschall, wie er am Thorax unter normalen und pathologischen Verhältnissen besteht, das Product einer complicirten Reihe von Factoren darstellt, und dass bei seiner Entstehung verschiedenartige Einflüsse concurriren. Wir haben zu berücksichtigen ebenso die Architektonik, Biegsamkeit, Elasticität und Spannung der Thoraxwand, die Dicke der Weichtheile, wie die Spannungsgrade der Pleura und des Lungengewebes, wobei nicht allein die Alveolenwandungen, sondern auch das inter-

stitielle Gewebe, die Gefässe, die Bronchien, der Blut- und Feuchtig-
keitsgehalt in Betracht kommen, endlich die Menge der im Lungengewebe vorhandenen Luft. Wir haben uns den Percussionsschall als
den Ausdruck einer complicirten Wechselwirkung von physikalischen
Vorgängen vorzustellen, welche an allen diesen Gebilden gleichzeitig
ablaufen, und welche theils nach gleicher Richtung hin sich unter-
stützend und verstärkend, theils in gegentheiliger Richtung wirkend
und sich ganz oder theilweise compensirend das akustische Gesammtresultat bestimmen. Wenn es nicht zweifelhaft sein kann, dass während der Athembewegungen fast alle die bezeichneten Factoren einer
fortwährenden Aenderung unterworfen sind; dass am Ende einer
tieferen Inspiration nicht allein die Configuration und die Spannungszustände der Thoraxwand, sondern mit der wechselnden Luftmenge
auch die Spannungsgrade der Pleuren und des Lungengewebes anders
sind, als im Beginne derselben: so wird man schon a priori erwarten
dürfen, dass Differenzen des Percussionsschalles während der Athembewegungen zu Tage treten müssen, und zwar im Verhältnisse zur
Grösse der respiratorischen Excursionen. In der That lassen sich
auch bei einiger Uebung in der Auffassung percussorischer Schallqualitäten derartige Unterschiede ohne Schwierigkeit wahrnehmen,
und wir wollen nunmehr dazu übergehen, diesen „respiratorischen Schallwechsel", wie er an den verschiedenen Regionen
des Thorax unter normalen Verhältnissen sich zu erkennen gibt,
einer eingehenden Darstellung zu unterziehen.

Zur Erzielung correcter Resultate ist selbstverständlich erforderlich, dass immer genau starke Percussionsschläge in immer gleicher,
am Besten möglichst senkrechter Richtung auf das Plessimeter oder
auf den als solches dienenden Finger ausgeübt werden, sowie dass
der Druck des aufgelegten Plessimeters oder Fingers stets der gleiche
sei. Ich selbst bediene mich stets der Finger sowohl an Stelle des
Plessimeters, wie als klopfenden Mediums, eine Methode, welche ich
aus hier nicht näher zu erörternden Gründen allen anderen Percus-
sionsmethoden vorziehe. — Für die Darstellung des respiratorischen
Schallwechsels wird man nicht alle Individuen sofort als Objekte in
gleicher Weise geeignet finden, indem oftmals Ungeschicklichkeit und
Mangel an willkürlicher, bewusster Beherrschung der Athembewegungen namentlich bei dem die Spitäler frequentirenden Publicum
störend einwirken. Indessen begreifen doch die Meisten nach nur
kurzer Uebung, worauf es ankommt, und lassen sich die angedeuteten Schwierigkeiten fast immer bald überwinden.

Percutirt man den Thorax eines gesunden Individuums, so lassen sich während ruhiger Athembewegungen Aenderungen der Intensität und Qualität des Schalles in der Regel nicht erkennen. Es scheint, als ob jene Spannungsdifferenzen der Brustwand, der Pleuren und des Lungengewebes, sowie jene Schwankungen des Luftgehaltes der Lungen, wie sie der Einnahme und Abgabe der sog. „Athmungsluft" entsprechen [1]), entweder nicht beträchtlich genug sind, um einen dem Ohre auffassbaren respiratorischen Schallwechsel zu erzeugen, oder als ob die genannten, zum Theil in entgegengesetzter Weise den Percussionsschall influirenden Factoren während ruhiger Athembewegungen sich gegenseitig geradezu compensirten. Letztere Annahme scheint mir Angesichts der bei tieferen Athembewegungen sich findenden Verhältnisse einen höheren Grad von Wahrscheinlichkeit zu besitzen, und wir können uns wohl vorstellen, dass der gesteigerte Luftgehalt der Lungen während der Inspiration, wodurch an und für sich der Schall tiefer und intensiver sich gestalten müsste, die Einflüsse der in gegentheiligem Sinne den Schall influirenden Spannungszunahme des Lungengewebes und der Brustwand auszugleichen im Stande ist. Ausnahmsweise erkennt man allerdings auch beim ruhigen Athmen an der vorderen Thoraxfläche namentlich jugendlicher, mit dünnen und elastischen Brustwandungen versehener Individuen eine leichte Andeutung jenes Schallwechsels, wie er bei tiefen Athembewegungen gesunder Individuen als regelmässige Erscheinung in einer ausgeprägten Weise zu Tage tritt. Nur an den Grenzen der absoluten Herz- und Leberdämpfung kann man auch bei ruhigem Athmen in Folge des Vorschiebens der Lungenränder in die betreffenden Complementärräume des Pleurasacks einen respiratorischen Schallwechsel, d. h. ein inspiratorisches Hellwerden des vorher absolut leeren Schalles erkennen; an allen übrigen, von den Lungenrändern entfernten Stellen des Thorax bekommt man, wie erwähnt, in der Regel negative Resultate.

Lässt man aber die Versuchsperson zur Aufnahme der „Ergänzungsluft" schreiten, d. h. zur Vornahme einer möglichst tiefen Inspiration, so erkennt man, dass gegen das Ende und auf der Höhe der letzteren der Percussionsschall an bestimmten, nachher zu bezeichnenden Stellen des Thorax in der Weise sich ändert, dass

---

1) Ich bediene mich hier der allbekannten Bezeichnungen, wie sie von Hutchinson (Von der Capacität der Lungen und von den Athmungsfunctionen. Deutsch von Samosch. Braunschweig 1849) in die medicinische Terminologie eingeführt worden sind.

er an Höhe zu-, an Intensität und Dauer abnimmt, d. h. jene Eigenschaften annimmt, durch welche ein relativ gedämpfter Percussionsschall von einem vollen, sonoren sich unterscheidet. Für diese bei
tiefer Inspiration sich einstellende Abnahme der Tiefe, Intensität und
Dauer des Schalles im Vergleich zur ruhigen Athmung möchte ich
der Kürze wegen die Bezeichnung: „regressiver inspiratorischer Schallwechsel“ vorschlagen.

Diese Art des inspiratorischen Schallwechsels, welche als die
Regel für gesunde Individuen betrachtet werden kann, findet sich am
grössten Theile der vorderen, seitlichen und hinteren Thoraxfläche.
An der rechten Brusthälfte erstreckt sich dessen Territorium vorne
herab bis zur 4., seitlich bis zur 5., hinten bis zur 7. Rippe, allerdings an den einzelnen Stellen und auch bei den einzelnen Individuen mit wechselnder Deutlichkeit. An der linken Thoraxseite be-
schränkt sich der bezeichnete Schallwechsel vorne auf die Infraclaviculargegend, indem hier durch die Lage des Herzens eine gewisse
Modification seiner räumlichen Ausbreitung bewirkt wird. Im Allgemeinen lässt sich sagen, dass an jenen Stellen des normalen Thorax,
welche bei ruhiger Athmung den lautesten, vollsten Schall ergeben
und welche bei tiefen Inspirationen die stärksten Excursionen vollführen, der inspiratorische Schallwechsel auch am Evidentesten zu
Tage tritt, während andererseits derselbe an solchen Parthien, an
denen in Folge grösserer Mächtigkeit der Weichtheile oder geringerer
Elasticität und Biegsamkeit des Thoraxskelettes (hintere Thoraxfläche)
der Schall an sich schon ein relativ gedämpfter ist, minder deutlich
erzeugt werden kann. Daher ist ceteris paribus der in Rede ste-
hende Schallwechsel ausgeprägter an dem elastischen Thorax jugendlicher und magerer, als an dem dickeren und starren Thorax mus-
kulöser, fettreicher und alter Individuen. An der vorderen Thoraxfläche ist der Schallwechsel ungleich deutlicher, wenn man die
Intercostalräume, als wenn man die Rippen percutirt, weil, wie
früher auseinandergesetzt wurde (S. 10), der reine Rippenschall an
sich schon höher und kürzer ist, als der reine Intercostalschall, und
daher bei ersterem die inspiratorische Schalldifferenz wird geringer
ausfallen müssen. Immerhin aber sind dieselben deutlich genug zu
erkennen, und ich kann Gerhardt[1] nicht beistimmen, welcher
sagt, dass die Rippenknorpel auf der Höhe ihrer inspiratorischen
Spannung nicht anders schallen, als im Ruhezustande. — Am Sternum
konnte ich mich, was wenigstens dessen oberen und mittleren Ab-

---

[1] Lehrbuch der Auscultation und Percussion. 3. Aufl. 1876. S. 113.

schnitt betrifft, niemals von der Existenz eines respiratorischen Schallwechsels überzeugen, obgleich Rosenbach[1] und Seitz[2] einen
solchen beschreiben. Nur am unteren Stück des Brustbeines lässt
sich meist ein inspiratorischer Schallwechsel hervorbringen, indessen
nicht in regressiver Form, sondern in entgegengesetzter Weise, d. h.
der Schall wird hier in Folge der Dickenzunahme der marginalen
Randparthien der Lungen und des Vorschiebens derselben in die
Complementärräume der Pleuren bei der Inspiration tiefer und lauter.

Für die Beantwortung der Frage, auf welche Weise wir uns das
Zustandekommen des regressiven inspiratorischen Schallwechsels zu
denken haben, werden wir uns alle jene Factoren vergegenwärtigen
müssen, welche in der Gesammtheit ihrer Wirkung, insoferne sie
theils nach gleicher Richtung sich unterstützen, theils sich entgegen-
wirken und compensiren, die einzelnen Qualitäten des Percussionsschalles bestimmen. Bei tiefer Inspirationsstellung sind es die Einflüsse der über einen gewissen Grad hinaus gesteigerten Spannung
der Brustwand, des Lungengewebes und der Pleuren, welche die in
entgegengesetztem Sinne wirkenden Einflüsse des vermehrten Luftgehaltes überwiegen. Wäre einzig und allein die Luft der den Percussionsschall bestimmende Factor, so würde deren bei tiefer Inspiration wachsende Menge im Verein mit der damit zugleich eintretenden relativen Verminderung der festen Parenchymtheile den Schall
lauter, tiefer und voller gestalten, wenn nicht die inspiratorische
Spannungszunahme der Thoraxwand und des Lungenparenchyms
hypercompensirend einwirken würde. Auch dürfte nicht zu übersehen sein, dass bei tiefer Inspiration die Biegsamkeit und Impressionsfähigkeit der Thoraxwand mit Zunahme der Spannung sich vermindern, so dass durch den Percussionsschlag die Lunge nur auf
eine geringere Tiefe in Schwingungen gerathen kann, als bei ruhiger
Athmung, und damit der Schall kürzer und schwächer werden muss,
indem mit der Grösse der schwingenden Masse die Stärke des Schalles
in geradem Verhältnisse steht. Endlich mag auch die in Folge der
Zunahme der Thoraxwölbung eintretende Verkürzung des Krümmungsradius in gewissem Grade schwächend auf den Schall einwirken, da
bei der Percussion gekrümmter Flächen die darunter liegenden Parenchymtheile weniger erschüttert werden und das Heraustreten der
Schallwellen durch stärkere Reflexion gehindert wird. Wir sehen
also, dass bei tiefer Inspirationsstellung, mit alleiniger Ausnahme des
grösseren Luftgehaltes der schwingenden Lungenmasse, alle bei der

---

[1] a. a. O. S. 610.   [2] Seitz-Zamminer a. a. O. S. 200.

Entstehung des Percussionsschalles concurrirenden Factoren zusammenwirken, um den Schall relativ gedämpft zu machen, d. h. den regressiven inspiratorischen Schallwechsel zu erzeugen.

Ich theile vollkommen die Meinung Rosenbach's[1]), nach welcher die Spannungsdifferenzen der Thoraxwand bei den Athembewegungen von wesentlichstem Einfluss seien auf die Entstehung des inspiratorischen Schallwechsels, möchte aber doch auch der gleichzeitigen Spannungszunahme der Pleura und des Lungengewebes eine grössere Rolle zuerkennen, als sie der genannte Forscher zuzugeben geneigt ist. Auch hat Rosenbach Recht, wenn er sagt, dass die inspiratorische Schallerhöhung nicht durch die Luft in der Lunge bedingt sein könne, da Volumsvermehrung der Luft den Schall tiefer machen müsse. Aber ich denke mir doch den Vorgang nicht so wie Rosenbach, dass bei der Inspiration eine längere Luftsäule durch die Percussion in Schwingung versetzt werde, und dass der dadurch entstehende tiefere Schall durch die gegentheiligen, schallerhöhenden Einflüsse der gesteigerten Brustwandspannung überwogen werde. Ich halte vielmehr für zweifellos, dass wegen der geringeren Impressionsfähigkeit der Thoraxwand bei der Inspiration eine weniger tiefe Lungensäule in Schwingungen geräth, als bei der exspiratorischen Stellung, und dass schon dadurch, trotz grösseren Luftgehaltes der schwingenden Theile, eine Abschwächung und Erhöhung des Schalles bedingt werden müsste, auch wenn andere Factoren (gesteigerte Spannung) nicht zugleich nach gleicher Richtung wirksam sein würden. Würde die Lunge bei tiefer Inspiration durch die Percussion auf eine grössere Tiefe in Schwingungen versetzt werden, so müssten in der Tiefe des Parenchyms gelegene Verdichtungen, z. B. centrale Pneumonieen, leichter auf der Höhe einer tiefen Inspiration, als bei ruhiger Athmung nachweisbar sein, was thatsächlich nicht der Fall ist. — Ferner geht Rosenbach sicher zu weit, wenn er zur Erklärung des inspiratorischen Höherwerdens des Schalles das Hauptgewicht auf die durch Contraction der Musculatur (Mm. pector., intercostal.) erzeugte Verdickung der Brustwand legt. Ich kann diesem Moment eine nur untergeordnete Bedeutung beilegen, indem gerade bei mageren und muskelarmen Individuen der inspiratorische Schallwechsel ceteris paribus in der Regel deutlicher zu Tage tritt, als bei muskulösen. Bei zwei mit progressiver Muskelatrophie behafteten männlichen Individuen, deren Mm. pector. major. und minor. spurlos geschwunden waren, habe ich das Verhalten des respiratorischen Schallwechsels geprüft und mich überzeugt, dass der ungewöhnlich tiefe und laute Schall der oberen und mittleren Thoraxregionen, welche durch fortdauernde Action der Intercostales und der intacten Mm. scaleni und sternocleidomastoidei ergiebige Excursionen vollführten, bei tiefer Inspiration in ganz exquisiter Weise den regressiven Wechsel darbot, selbst wenn ich auf die lediglich von Haut bedeckten Rippen, wobei selbst eine Dickenzunahme der Intercostalmuskeln nicht in Betracht kommen konnte, den Percussionsschlag ausübte. In diesen beiden Fällen war also der Einfluss einer durch Muskelcontraction bewirkten Dickenzunahme der Thoraxwand vollständig eliminirt, und es trat der reine Ein-

---

1) a. a. O. S. 611.

fluss der inspiratorischen Spannungszunahme der Thoraxwand und des Lungengewebes als der den inspiratorischen Schallwechsel wesentlich bestimmenden Factoren zu Tage.

An dieser Stelle möchte ich noch eine gelegentliche Bemerkung anfügen. Bekanntlich ist bei normalen Individuen der Percussionsschall in den Infraclaviculargegenden voller als in der Reg. mammar., ein Verhältniss, welches man auf eine bedeutendere Dicke der Weichtheile an letzterer zurückzuführen gewöhnt ist. Bei meinen beiden Fällen von progressiver Muskelatrophie bestand dasselbe Verhalten des Percussionsschalles, obgleich von Verschiedenheiten in der Dicke der Weichtheile bei dem completen Mangel jeglicher Pectoralmusculatur nicht die Rede sein konnte. Es ergibt sich daraus, dass für die Entstehung der Schalldifferenz an den genannten Regionen andere Momente mehr in Betracht kommen, als die Dickenunterschiede der äusseren Bedeckungen, und ich möchte geneigt sein, der etwas grösseren Convexität der Brustwand in der Regio mammaria einen wesentlichen Einfluss zuzuschreiben.

Nach der von mir gegebenen Darstellung des als „regressiv-inspiratorischer Schallwechsel“ bezeichneten Phänomens erkennt man, dass ich nur bezüglich des Höherwerdens des Percussionsschalles gegen das Ende einer tiefen Inspiration gegenüber dem Schall bei ruhiger Athmung und bei exspiratorischer Thoraxstellung mit den Autoren, welche bisher über den respiratorischen Schallwechsel Mittheilungen machten, übereinstimme, dagegen bezüglich der Intensitätsverhältnisse von denselben differire. Da Costa[1] und ebenso Rosenbach[2] geben an, dass der Schall bei tiefer Inspiration nicht bloss eine Höhenzunahme, sondern zugleich eine bedeutende Intensitätssteigerung zeige; auch Ewald[3] bestätigt dies, wenn auch nur für die Fossa supraclavicularis und das mit dem Hammer oder Finger direct percutirte Schlüsselbein, womit zugleich das feinste Reagens für die Erkennung beginnender Infiltrationen oder Insufficienz der Lungenspitze gegeben sei. Meine Stellung zu diesen controversen Angaben ergibt sich aus der bisherigen Darlegung der von mir gewonnenen Resultate.

Bevor ich weiter gehe, will ich nicht unerwähnt lassen, dass sich mitunter in der Endphase einer möglichst tiefen und unter Anstrengung aller inspiratorischen Kräfte ausgeführten Einathmung eine nochmalige Aenderung des Percussionsschalls in der Weise bemerklich macht, dass der regressiv veränderte Schall wieder einen gewissen Zuwachs an Tiefe und Intensität erhält, ohne indessen wieder

---

1) a. a. O. S. 18. „A full held inspiration increases the resonance, makes the sound fuller and raises the pitch.“

2) a. a. O. S. 610, 616.

3) Charité-Annalen. II. Jahrgang. Berlin 1876. S. 196.

jenen Grad von Völle zu erreichen, wie er im Beginne der Inspirationsbewegung bestand. Man kann bei dazu geeigneten Individuen diesen zweifachen Schallwechsel am Besten zur Wahrnehmung bringen, wenn man während der ganzen Dauer der Inspirationsbewegung mit rasch sich folgenden Schlägen percutirt, und kann ebenso die Scala der Veränderung, wenn man langsam wieder exspiriren lässt, in rückläufiger Weise erkennen. Ich bin ausser Stande, eine befriedigende Erklärung für diese seltsame Erscheinung, die ich als **doppelten inspiratorischen Schallwechsel** bezeichnen will, zu finden; es scheint eben, als ob am Endpunkte einer möglichst tiefen Inspiration der excessiv gesteigerte Luftgehalt dominirend würde für das percussorische Gesammtresultat, und die entgegenwirkenden Einflüsse der Thorax- und Parenchymspannung überwiege.

Durchaus verschieden von den bisher geschilderten inspiratorischen Aenderungen des Percussionsschalles, wie sie an den oben bezeichneten Regionen des Thorax sich finden, gestalten sich die Verhältnisse, wenn man den Rändern der Lunge sich nähert, und jene Theile der Brustwand der Untersuchung unterzieht, hinter denen von einer gegen den Rand hin mehr und mehr sich verjüngenden Lungenschichte überdeckte, luftleere Organe (Leber, Herz) gelegen sind. Es sind dies jene Gebiete der Thoraxoberfläche, in denen der laute und tiefe (sonore) Schall der entfernteren Stellen bei ruhiger Athmung bekanntlich eine gewisse Abnahme seiner Sonorität erleidet, welche man als „relative Dämpfung" der Leber und des Herzens bezeichnet[1]) und zur Bestimmung der äussersten Grenzen der genannten Organe verwerthet. Für die rechte Thoraxseite finde ich die Grenze, an welcher der volle Schall in die relative Dämpfung

---

[1]) Ich habe mich in meinen früheren Arbeiten im Anschluss an die ältere Conradi'sche Terminologie (Conradi, Ueber die Lage und Grösse der Brustorgane etc. Giessen 1848) für das Verhalten des Percussionsschalles an den von Lunge überlagerten Abschnitten der Leber und des Herzens der Benennung „Leberdämpfung, Herzdämpfung" bedient, im Gegensatz zu dem Schall an den von Lunge nicht bedeckten Theilen der genannten Organe, den ich als „Leberleerheit, Herzleerheit" unterschied. (Vgl. meine Herzkrankheiten. 2. Aufl. Erlangen 1867. S. 65.) Da indessen die Mehrzahl der neueren Autoren, meiner Meinung nach allerdings ohne zwingenden Grund, sich für die genannten Verhältnisse der Benennung „relative und absolute Leber-, resp. Herzdämpfung" zu bedienen pflegt, so bin ich gerne bereit, mich zur Vermeidung von Missverständnissen dieser nunmehr üblich gewordenen Terminologie anzuschliessen. Neuerlichst bedient sich Stern (a. a. O. S. 326) statt „relative und absolute Dämpfung" der Bezeichnung „partielle und totale Dämpfung".

übergeht, vorne (Mamillarlinie) in der Regel durch die 5., in der Seitenwand (Axillarlinie) durch die 6., an der hinteren Fläche durch die 8. Rippe bezeichnet, so dass demnach die Höhe der relativen Leberdämpfung vorne und seitlich auf 3, hinten auf etwa 4 Ctm. sich beläuft. Weil[1]) gibt allerdings an, dass an der hinteren Thoraxfläche zwischen Scapularlinie und Wirbelsäule oberhalb des unteren Lungenrandes eine Zone relativ gedämpften Schalles meist nicht existire, vielmehr der Schall nach unten bis zur Lungengrenze laut und hell bleibe. Ich meinerseits finde auch an der hinteren Thoraxfläche unter normalen Verhältnissen die relative Leberdämpfung nicht minder constant und deutlich ausgeprägt, wie vorne und seitlich. — Was die Grenzen des Raumes der relativen Herzdämpfung betrifft, so verweise ich auf mein Handbuch der Krankheiten des Herzens (Erlangen 1867. 2. Aufl. S. 66 u. ff).

Innerhalb der Regionen der relativen Leber- und Herzdämpfung tritt nun gerade der entgegengesetzte inspiratorische Schallwechsel zu Tage, als er für die Bezirke des regressiven Schallwechsels geschildert wurde, d. h. der Schall wird gegen das Ende und auf der Höhe einer tiefen Inspiration tiefer und lauter, und nähert sich mehr oder minder dem vollen Percussionsschall, wie er bei ruhiger Athmung an den übrigen Stellen des Thorax vorhanden ist. Je näher innerhalb der relativen Dämpfungsbezirke dem Lungenrande man percutirt, um so grösser wird die Differenz des Schalles zwischen Anfang und Ende einer tiefen Inspiration. Ich will diese Art des Schallwechsels als den „progressiven inspiratorischen Schallwechsel" unterscheiden.

Weil[2]) hat in klarer Weise auseinandergesetzt, dass die Ursache der relativen Dämpfung nicht etwa in einem sich geltend machenden Einflusse der unter der Lunge gelegenen luftleeren Organe (Leber, Herz), sondern vielmehr darin zu suchen ist, dass die Lunge da, wo sie die genannten Organe überdeckt, an Dicke abnimmt, und somit der Percussion eine geringere, resp. dünnere Lungenmasse dargeboten ist. Die Dicke der die Leber und das Herz innerhalb der relativen Dämpfungsbezirke überlagernden Lungenschichte ist geringer, als der longitudinale Durchmesser der durch die Percussion erzeugten Erschütterungswelle, und es muss somit der Schall hier höher und kürzer ausfallen, als an den übrigen Stellen des Thorax, an welchen voller Schall besteht und an welchen der Percussionsstoss schwingungs-

---

1) Handbuch der topographischen Percussion. Leipzig 1877. S. 83.

2) Ueber starke und schwache Percussion. Deutsches Archiv für klin. Med. Bd. XVII. 1876. S. 488.

fähiges Lungengewebe in unbegrenzter Tiefe — sit venia verbo — vorfindet. Je mehr man innerhalb der relativen Dämpfungsgebiete dem Lungenrande sich nähert, d. h. eine je dünnere Lungenschichte man percutirt, um so höher, schwächer und kürzer (gedämpfter) wird daher der Percussionsschall. Wenn nun mit der Vornahme einer tiefen Inspirationsbewegung der Winkel, welchen die Thoraxwand mit der aufsteigenden Fläche des Zwerchfells bildet, in Folge von Abflachung des letzteren sich vergrössert und damit die Dicke der diesen Winkel ausfüllenden Lungenschichte zunimmt, so muss entsprechend die Tiefe und Intensität des Schalles wachsen. Hier sind es die Volumsvergrösserung der schallenden Masse und der Zuwachs, welchen dieselbe an Luft erleidet, welche die in gegentheiligem Sinne wirkenden Einflüsse der inspiratorischen Spannungszunahme der Thoraxwand und des Lungenparenchyms übercompensiren, und den Charakter des inspiratorischen Schallwechsels als eines progressiven bestimmen. Dasselbe gilt mutatis mutandis für den Raum der relativen Herzdämpfung, innerhalb welcher es die inspiratorische Hebung der Brustwand ist, welche die Dickenzunahme der bedeckenden Lungenschichte und damit den progressiven Schallwechsel ermöglicht. Auch am unteren Abschnitte des Sternums kann man einen derartigen Schallwechsel erkennen, indem auch hier eine inspiratorische Dickenzunahme der das Herz überlagernden Lungenschichte erfolgt.

Wohl zu unterscheiden von der eben beschriebenen inspiratorischen Schalländerung, wie sie innerhalb der relativen Dämpfungsgebiete der Leber und des Herzens erzeugt werden kann, ist jener inspiratorische Schallwechsel, welcher an den den Lungenrändern benachbarten Theilen der absoluten Dämpfung der genannten Organe hervortritt. Indem hier der absolut gedämpfte Schall schon bei einer nur einigermassen tiefen Inspiration, meist schon bei ruhiger Einathmung einen gewissen Grad von Helligkeit und Intensität annimmt, ist diese Schalländerung gleichfalls eine progressive und beruht bekanntlich darin, dass bei der Inspiration die Randpartien der Lungen in die Complementärräume der Pleura (Sinus pleurales) vorrücken, und dies um so mehr, eine je tiefere Inspiration vollführt wird. Indem die Lunge hier bei der Einathmung an Stellen tritt, an denen sie vorher nicht gelegen war, und Theile des Herzens und der Leber überdeckt, die sie vorher frei gelassen hatte, so handelt es sich um eine Ausdehnung der pulmonalen Randpartien in die Fläche, nicht um ein Dickerwerden bereits vorher vorhandener Lungenschichten. Ist in Folge von Obliteration der Complementärräume das inspiratorische Vorrücken der Lungenränder unmöglich geworden, so bleiben die Grenzen der Lungen auch bei tiefer Inspiration dieselben, wie bei der Exspiration, und es fehlt die inspiratorische Schalländerung an den den Lungenrändern zunächst gelegenen Regionen der absoluten Leber- und Herzdämpfung. Dagegen bleibt der progressive inspiratorische Schallwechsel innerhalb der Grenzen der relativen Dämpfung der genannten Organe ungestört, indem auch bei Verwachsung der Complementärräume die Dickenzunahme der bedeckenden Lungenschichten bei der Inspiration nicht beeinträchtigt wird.

Jene Theile der Leberoberfläche, welche auch bei einer möglichst tiefen Inspiration von Lunge unbedeckt bleiben, geben stets einen absolut gedämpften Schall, der keine Spur eines respiratorischen Wechsels erkennen lässt. Ich glaube dies gegenüber Rosenbach[1]) erwähnen zu müssen, welcher behauptet, auch beim absolut leeren Schall der Leber, sowie grosser Pleuraexsudate noch inspiratorische Höhendifferenzen in Folge stärkerer Spannung der Thoraxwand erkennen zu können. Ich kann dagegen nur sagen, dass die Perceptionsfähigkeit meines Gehörorganes unter den bezeichneten Bedingungen an ihren Grenzen sich befindet.

Auch kann ich nicht umhin, hier eine Angabe von Seitz[2]) zur Sprache zu bringen, nach welcher der Percussionsschall an den unteren Grenzregionen der vorderen wie hinteren Thoraxfläche „eine bald mehr, bald weniger deutliche Hinneigung zum tympanitischen Schall" verrathe. Als Grund hiervon wird die Nachbarschaft der lufthaltigen Baucheingeweide bezeichnet, deren Einwirkung namentlich linkerseits, wo der Magen dem Zwerchfell unmittelbar anliegt, in der Regel eine merklichere sei als rechterseits, wo die compacte Leber zwischen Lunge und Darmeingeweide sich einschiebt. Für die linke Thoraxhälfte hat das von Seitz angegebene Verhalten des Percussionsschalles in der Nähe der unteren Randpartien, sowie die von ihm gegebene Erklärung, wie wohl Niemand bezweifelt, volle Richtigkeit. Für die rechte Seite dagegen muss ich den Angaben von Seitz widersprechen, indem ich mich von der Existenz eines den Percussionsschall an den unteren Grenzregionen begleitenden, „ganz unverkennbaren" tympanitischen Beiklanges bei normalem Zustande der Brust- und Unterleibsorgane nicht zu überzeugen vermag. Würde der tympanitische Darmton durch die zwischengelagerte Leber hindurch an den unteren Lungenpartien der rechten Thoraxhälfte sich in der That geltend machen können, so müsste ein der relativen Leberdämpfung beigemischter tympanitischer Klang, ebenso wie dies linkerseits in der Nachbarschaft der unteren Lungengrenze der Fall ist, eine constante percussorische Thatsache sein; auch würden die Deutlichkeit und Intensität dieses tympanitischen Beiklanges nach abwärts zunehmen müssen, während doch der gesammte Raum der relativen und absoluten Leberdämpfung, ausgenommen die Nähe des unteren scharfen Randes der Leber, unter normalen Verhältnissen in der Regel keine Andeutung eines tympanitischen Klanges darbietet. Ich konnte mich von einem dem relativen Dämpfungsschall der Leber beige-

---

1) a. a. O. S. 612.
2) Seitz-Zamminer a. a. O. S. 186, 196, 197, 203.

mischten tympanitischen Klang nur dann überzeugen, wenn es sich um pathologische Zustände handelte, welche theils in einer Verkleinerung der Leber, theils in einer durch gesteigerte intraabdominelle Spannung (Meteorismus, Ascites u. dgl.) bedingten abnormen Stellung derselben bestanden, wobei deren vordere Fläche zu einer oberen, deren unterer Rand zu einem vorderen sich gestaltet hatte. In allen derartigen pathologischen Fällen, in welchen der Raum der absoluten Leberdämpfung unter Beimischung eines tympanitischen Klanges sich verkleinert, oft selbst nahezu vollständig verschwindet, ist allerdings die Seitz'sche Erklärung die zunächst zutreffende. Ist die intraabdominelle Drucksteigerung eine so hochgradige, dass ein bedeutender Hochstand des Zwerchfells die Folge ist, so kommt für die Erklärung des tympanitischen Klanges auch noch der Umstand in Betracht, dass eine Retraction der unteren Abschnitte der Lunge bis zu jenem Grade der Entspannung, wie sie die Entstehung eines tympanitischen Lungenschalles ermöglicht, geschehen kann. Dass Letzteres in der That möglich ist, beweisen Fälle von sehr beträchtlicher Vergrösserung der Leber (Fettleber, Lebertumoren u. dgl.), bei denen ich wiederholt einen tympanitischen Beiklang an den unteren Lungenabschnitten erkannte, welcher schon deshalb nicht als beigemischter Darmton aufgefasst werden konnte, weil tiefer unten im Raume des absolut leeren Leberschalles keine Spur eines solchen wahrzunehmen war. Die untersten, das Diaphragma begrenzenden, zunächst und zumeist dem Druck ausgesetzten Lungenabschnitte gerathen bei derartigen Lebervergrösserungen unter dieselben Bedingungen, wie sie bei im unteren Theile der Pleurahöhle angesammelten flüssigen Exsudaten für die oberen vorderen Lungenabschnitte sich gestalten, an welchen letzteren alsdann das Auftreten eines tympanitischen Schalles eine bekannte klinische Thatsache ist. Ist die Ausdehnung des Abdomens durch Meteorismus, Ascites u. s. w. und damit der Hochstand des Zwerchfells höchst beträchtlich, so kann in Folge von Entspannung der gesammten Lunge ein tympanitischer Schall überall am Thorax zu Tage treten.

Schon aus theoretischen Erwägungen lässt sich vermuthen, dass die Regionen des regressiven und des progressiven inspiratorischen Schallwechsels nicht unmittelbar neben einander gelegen sein können, sondern durch einen Raum getrennt sein müssen, in welchem die einzelnen Factoren, welche den beiden, in jeder Hinsicht gegentheilig sich verhaltenden Arten des Schallwechsels zu Grunde liegen, gegenseitig sich compensiren. In der That kann man sich auch überzeugen, dass zwischen jenen beiden Regionen ein intermediärer Raum gelegen ist, welchen ich als „neutrale Zone" unterscheiden will, innerhalb dessen jegliche Andeutung einer inspiratorischen Schalländerung vermisst wird. An der rechten Thoraxhälfte entspricht diese Zone vorne (Mamillarlinie) dem Gebiete der 4. Rippe und des gleichnamigen Intercostalraums, mitunter auch noch der 5. Rippe; seitlich (Axillarlinie) wird dieselbe durch die 5. und 6., hinten durch die 7. und 8.

Rippe mit den resp. dazwischen gelegenen Intercostalräumen bezeichnet, und es umgibt dieselbe somit gürtelförmig die rechte Thoraxseite. Geringe Abweichungen von den bezeichneten topographischen Verhältnissen, welche als Regel für gesunde, erwachsene Individuen betrachtet werden können, ergeben sich aus dem auch unter normalen Verhältnissen innerhalb gewisser Grenzen wechselnden Stande des Diaphragmas. Auch linkerseits lässt sich die Existenz einer neutralen Zone mit im Allgemeinen gleichem Verlaufe nicht verkennen; nur sind hier die Verhältnisse derselben, sowie des progressiv-inspiratorischen Schallbezirkes wegen der Nähe der mitschwingenden Gedärme verwischt und ungleich schwieriger zur Demonstration zu bringen.

Vergleicht man nun mit der angegebenen Ausdehnung der neutralen Zone die anatomischen Verhältnisse bezüglich des Standes des Diaphragmas, so ergibt sich, dass die obere Grenze der ersteren da, wo dieselbe mit dem Gebiete des regressiv-inspiratorischen Schallwechsels zusammenstösst, ziemlich genau dem höchsten Punkte der Zwerchfellskuppel, d. h. der obersten Grenze des rechten Leberlappens entspricht. Die Angaben der Autoren stimmen mit unwesentlichen Abweichungen darin überein, dass die oberste (wahre) Grenze der Leber bei gesunden, in ruhiger Respiration begriffenen Individuen mittleren Lebensalters rechterseits vorne unmittelbar am Sternalrande etwa dem unteren Rande des 4. Rippenknorpels, in der Mamillarlinie dem oberen Rande der 5., in der Axillarlinie der 6., in der Scapularlinie der 7. und gleich neben der Wirbelsäule der 8. Rippe entspricht[1]), und es würden die Grenzen einer Ebene, welche man sich im Niveau des 4. Rippenknorpels horizontal durch den Thorax gelegt denkt, den höchsten Punkt der Zwerchfellkuppel tangiren und ziemlich genau, soweit eben hier bei den vorhandenen Fehlerquellen eine Uebereinstimmung möglich ist, mit der oberen Grenze der neutralen Zone zusammenfallen. Man sieht aber auch zugleich, dass der höchste Punkt der Leber um die Breite der neu-

---

1) Vergl. L u s c h k a, Lage der Bauchorgane. S. 4, 5. — G e r h a r d t, Der Stand des Diaphragma. Tübingen 1860. — F e r b e r, Situsphantom der Organe der Brust- und oberen Bauchgegend. Bonn 1877. Text S. 40. — W e i l, Topographische Percussion. Leipzig 1877. S. 75. — Sehr ungenau und theilweise zweifellos unrichtig sind die Angaben von F r e r i c h s (Klinik der Leberkrankheiten. Bd. I. Braunschweig 1858. S. 33.), nach welchen die wahre obere Lebergrenze in der Linea mammalis meist im 5. Intercostalraum, seltener hinter der 5. Rippe oder im 4. Intercostalraum liege, in der Linea axillaris im 7. Intercostalraum, seltener an der 7. Rippe, neben der Wirbelsäule im 10., seltener im 9. Intercostalraum.

tralen Zone höher liegt, als die obere Grenze der relativen Leberdämpfung, und dass somit, wie dies schon Leichtenstern[1]) be-
merkte, jene Autoren im Irrthume sich befinden, welche letztere mit
der wahren oberen Lebergrenze identificiren. Die obere Grenze der
relativen Leberdämpfung bezeichnet nur jenen Punkt, an welchem
die Dicke der die Leber bedeckenden Lungenschichte geringer geworden ist, als der longitudinale Durchmesser der Erschütterungswelle, d. h. als jene Tiefe, bis zu welcher die der Lunge ertheilten
Schwingungen sich fortsetzen würden, wenn eine genügend dicke
Lungenschichte vorhanden wäre. Für die möglichst genaue Bestimmung der wahren oberen Lebergrenze wird man vielmehr jene Punkte
zu bezeichnen haben, an welchen die vorhin erwähnte obere Grenze
der neutralen Zone gelegen ist.

Wenn wir die Frage beantworten sollen, in welcher Weise der
Mangel eines inspiratorischen Schallwechsels innerhalb der neutralen
Zone zu erklären ist, so können wir nur sagen, dass jene zum Theil
in entgegengesetzter Weise thätigen Einflüsse, welche oberhalb derselben dem regressiven inspiratorischen, unterhalb derselben dem
progressiven inspiratorischen Schallwechsel zu Grunde liegen, innerhalb derselben sich gegenseitig ausgleichen und compensiren. Wir
haben gesehen, dass im Bereiche des regressiven inspiratorischen
Schallwechsels durch den inspiratorischen Spannungszuwachs der Thoraxwand und durch die im umgekehrten Verhältnisse hiezu abneh-
mende Impressionsfähigkeit derselben, vermöge welcher eine minder
tiefe Lungenschichte in Schwingungen versetzt wird, die gegen das
Ende einer starken Inspiration bemerkbare Abnahme der Intensität
und Tiefe des Percussionsschalles zu Stande kommt, während im
Bereiche des progressiven inspiratorischen Schallwechsels die dämpfenden Einflüsse der Spannungszunahme der Thoraxwand durch die
inspiratorische Dickenzunahme der schwingenden Lungenschichte hypercompensirt werden, und damit eine Steigerung der Tiefe und Intensität des Percussionsschalles die Folge ist. Im Bereiche der neutralen Zone wird der Zuwachs an Dicke, welchen die die obersten
Abschnitte der Leber bedeckende Lungenschichte in Folge des inspiratorischen Tiefertretens des Zwerchfells erleidet, wodurch an sich
der Schall gleichfalls einen progressiven Wechsel eingehen würde,
geradezu compensirt durch die in entgegengesetzter Weise wirkenden
Einflüsse der inspiratorischen Spannungszunahme der Thoraxwandung.
Gerade so viel an Tiefe und Intensität, als dem Schall durch die

1) Deutsche Klinik. Nr. 34. 1873.

Dickenzunahme der schwingeuden Lungenmasse bei der Inspiration zuwächst, wird ihm durch den entgegenwirkenden Factor der gesteigerten Brustwandspannung wieder entzogen, und der Schall bleibt in Folge davon unverändert.

Da wir sehen, dass bei ruhigen Athembewegungen der Percussionsschall im Gebiete der neutralen Zone derselbe ist, wie an den höher obeu gelegenen Thoraxparthieen, so dürfen wir wohl annehmen, dass die Masse (Tiefe) der schwingenden Lungensubstanz an allen diesen Stellen dieselbe ist, indem sonst die relative Leberdämpfung schon höher oben beginnen müsste, als dies thatsächlich der Fall ist. Wenn man die Entfernung, welche die vordere Thoraxwand von dem Kuppentheil der Leber trennt, d. h. die Dicke der den letzteren deckenden Lungenschichte im Mittel auf 5 Cm. verauschlagen darf, so würde damit zugleich jene Tiefe bezeichnet sein, bis zu welcher auch an den höher oben gelegeneu Parthieen der Thoraxwand, unter denen in unbegrenzter Tiefe — sit venia verbo — lufthaltiges Lungengewcbe liegt, die Erschütterungswelle vorzudringen im Stande ist, und es dürfte damit zugleich die Grenze gegeben sein, über welche hinaus in der Tiefe gelegene Gewebsverdichtungen, z. B. centrale Pneumonieen u. dgl., durch die Percussion nicht mehr nachgewiesen werden können. Indessen will ich nicht verkennen, dass es sich hier immerhin um eine nur approximative Schätzung handelt, indem die bei den einzelnen Individuen und an den verschiedenen Stellen des Thorax wechselnde Dicke und Elasticität der Brustwand, die Stärke des Anschlags u. s. w. mancherlei Variationen innerhalb gewisser Grenzen bedingen, und auch die angegebene Entfernung des Kuppentheils der Leber vou der vorderen Brustwand je nach Alter, Körpergrösse, wechselndem Stande und Volumen der Leber, verschiedenem Spannuugsgrade des Unterleibs u. s. w. nicht immer die gleiche ist. Es wird Gegenstand weiterer Forschung seiu nachzuweisen, in wie weit die Grenzen und der Verlauf der neutralen Zone sowohl rechts wie links Modificationen erleidet durch pathologische Zustände der Leber, der Lungen, der Abdominalorgane, überhaupt durch alle jene Affectionen, welche den Stand des Zwerchfells und dessen respiratorische Excursiouen verändern.

Auch in der Umgebung der relativen Herzdämpfuug kanu man, wenn auch meist nur in geringerer Deutlichkeit als an der Leber, nach oben und nach links bei aufmerksamer Percussion eiue 1½ bis 2 Cm. breite neutrale Zone unterscheiden, für deren Zustandekommen mutatis mutandis die erörterten Gesichtspunkte maassgebend sind.

Nachdem wir in Vorstehendem jene Aenderungen darstellten, welche der Percusionsschall an den einzelnen Regionen des Thorax durch tiefe Inspirationsbewegungen erleidet, haben wir noch jenes Wechsels zu gedenken, welcher an demselben bei möglichst completen Exspirationsbewegungen hervortritt (exspiratorischer Schall- wechsel). Lässt man durch Entleerung der „zurückbehaltenen Luft" (Hutchinson) eine bis zum Zurückbleiben der „Residualluft" fort- schreitende Ausathmung vollführen, wobei selbstverständlich jede da- bei leicht eintretende Pressbewegung mit Glottisverschluss vermieden werden muss, so ergibt sich, dass innerhalb des Gebietes des regres- siven inspiratorischen Schallwechsels eine merkliche Aenderung des Schalles im Vergleich zur ruhigen Respiration nicht erkennbar ist, und ich kann Da Costa[1]) nicht beistimmen, wenn derselbe behaup- tet, dass eine complete Exspiration auch an den oberen Thoraxpar- tien die Resonanz und Höhe des Schalles erheblich vermindere. Es dürfte die Erklärung dieser Thatsache dadurch gegeben sein, dass innerhalb des genannten Gebietes dem Percussionsschlag schwingungs- fähiges Lungengewebe in unbegrenzter Tiefe zu Gebote steht, somit auch bei möglichst completer Exspirationsstellung der Brustwand die Masse des schallenden Lungengewebes, resp. die Tiefe der schwingen- den Lungensäule, im Wesentlichen unverändert bleibt, auch die hie- bei verhältnissmässig nur geringen Spannungsdifferenzen der Brust- wand und des Lungengewebes kaum in Betracht kommen. Es soll hier nicht unerwähnt bleiben, dass es auch bei einer möglichst com- pleten Exspiration niemals gelingt, eine so bedeutende Entspannung des Lungengewebes zu erzeugen, dass der Percussionsschall einen tympanitischen Beiklang erkennen liesse. Die Grenzen des tympani- tischen Schalles kommen offenbar erst dann, wenn die unserer Willkür- kür entrückte Residualluft zum Theil entweicht, wie dies bei der herausgenommenen Lunge oder auch am geschlossenen Thorax unter gewissen pathologischen Bedingungen geschieht.

Anders dagegen liegen die Verhältnisse im Bereiche der neu- tralen Zone, welche ihren Namen nur bezüglich ihres negativen Ver- haltens bei tiefen Inspirationsbewegungen verdient, dagegen bei com- pleter Exspiration einen percussorischen Wechsel in der Weise zeigt, dass die Intensität und Tiefe des Schalles gegenüber dem Verhalten desselben bei ruhiger Athmung sich deutlich vermindern. Der Grund dieses regressiven exspiratorischen Schallwechsels liegt zweifelsohne darin, dass in Folge des bei tiefer Exspiration ge- schehenden Höhertretens der Zwerchfellskuppel und zugleich erfol-

---

1) a. a. O. S. 18.

genden Rücksinkens der Brustwand die Entfernung von dieser zu
jener sich verkleinert, und damit die dazwischengelegene Lungenschichte, welche bei ruhiger Respiration in ihrer ganzen Dicke schwingt,
eine dünnere wird, also die schwingende Lungensäule sich verkürzt.
Es verbreitet sich somit bei completer Exspirationsbewegung die relative Leberdämpfung nach oben in das Bereich der neutralen Zone.

Noch markirter, als innerhalb der neutralen Zone, ist der
regressive exspiratorische Schallwechsel im Gebiete der relativen
Leberdämpfung. Hier, wo dem Percussionsschlag überhaupt eine nur
dünne Lungenschichte zu Gebote steht, verkürzt sich bei completer
Exspiration die Tiefe der vorhandenen Lungensäule so stark, dass
der schon bei ruhiger Respiration relativ gedämpfte Schall noch bedeutend kürzer, schwächer und zugleich höher wird. Percutirt man
genau auf dem Lungenrande, so kann der bei ruhiger Athmung hier
noch einen gewissen Grad von Intensität und Helligkeit besitzende
Schall bei completer Exspiration in einen absolut gedämpften über-
geführt und somit die Grenze der absoluten Leberdämpfung nach
oben gerückt werden, indem durch Retraction des marginalen Lun-
genabschnittes ein entsprechender Theil der von letzterem vorher
bedeckten vorderen Leberoberfläche in unmittelbare Berührung mit
der Brustwand tritt.

Die gleichen Verhältnisse des regressiven exspiratorischen Schallwechsels lassen sich in analoger Weise auch im Gebiete der relativen Herzdämpfung und der an dieselbe nach oben und nach aussen
sich anschliessenden neutralen Zone erkennen.

Um das Bisherige in wenige Sätze zusammenzufassen, so bezeichnen wir als respiratorischen Schallwechsel alle jene
Veränderungen, welche der Percussionsschall der Lungen bei das
Maass der ruhigen Athmung überschreitenden Excursionen des Thorax
erleidet. Als inspiratorischen Schallwechsel haben wir die
bei einer tiefen Einathmung, als exspiratorischen Schallwechsel die bei einer completen Exspiration eintretenden Aenderungen
des Percussionsschalles unterschieden. Der inspiratorische Schallwechsel gestaltet sich an den verschiedenen Stellen des Thorax in
verschiedener Weise: wird der Percussionsschall bei tiefer Inspiration
höher, schwächer und kürzer, als bei ruhiger Athmung, so bezeichnen wir dies als regressiven inspiratorischen Schallwechsel; wird derselbe tiefer, stärker und länger, so haben wir dies als
progressiven inspiratorischen Schallwechsel unterschieden. Von untergeordneter Bedeutung ist der in nur seltenen Fällen

am normalen Thorax erkennbare doppelte inspiratorische Schallwechsel. In der Gruppe des exspiratorischen Schallwechsels kennen wir nur einen regressiven Schallwechsel; ein progressiver exspiratorischer Schallwechsel existirt nicht. Dem regressiven inspiratorischen Schallwechsel liegen im Wesentlichen die dominirenden Einflüsse der ein gewisses Maass überschreitenden Spannung der Thoraxwand und des Lungengewebes, dem progressiven inspiratorischen, sowie dem regressiven exspiratorischen Schallwechsel die einer wechselnden Dicke der schwingenden Lungenschichte zu Grunde. Zwischen den Gebieten des regressiven inspiratorischen und des progressiven inspiratorischen Schallwechsels liegt die neutrale Zone, innerhalb welcher die Factoren, welche die beiden genannten Arten des Schallwechsels bestimmen, sich compensiren.

Aus der Berücksichtigung des respiratorischen Schallwechsels ergibt sich bei der physikalischen Untersuchung des Thorax die praktische Regel, dass die vergleichende Percussion symmetrischer Thoraxstellen nur während möglichst ruhiger Athembewegungen vorgenommen werde, und dass der zu Untersuchende während der Dauer der Percussion tiefere Athembewegungen vermeide. In Fällen, in denen ruhige Athmung nicht möglich ist, z. B. bei asthmatischen Zuständen u. dgl., wird die Vergleichung des Percussionsschalles symmetrischer Thoraxstellen immer während derselben Phase der Athembewegungen zu geschehen haben. Würde an der einen Seite des Thorax der Percussionsschlag im Ende der Exspiration oder im Beginn der Einathmung, an der anderen Seite auf der Höhe der dyspnoischen Inspiration geschehen, so würden diagnostische Irrthümer nicht zu vermeiden sein.

Nachdem wir in Vorstehendem den respiratorischen Schallwechsel, wie er am Thorax unter normalen Bedingungen sich findet, einer ausführlichen Darstellung unterzogen, wenden wir uns zu einer Schilderung desselben bei einer Reihe von pathologischen Zuständen der Athmungsorgane und der sich hiebei ergebenden diagnostischen Resultate.

Zunächst ist es das substantielle vesiculäre Lungenemphysem, bei welchem sich constante Abweichungen von den normalen Verhältnissen vorfinden, wie dies bereits Da Costa[1] in richtiger Weise erkannte. Uebereinstimmend mit letztgenanntem Forscher und im Gegensatz zu Rosenbach[2], welcher keine Veränderung bei ge-

---

1) a. a. O. S. 26.　　　2) a. a. O. S. 614.

nannter Krankheit zu erkennen vermochte, habe ich mich bei der Untersuchung einer ansehnlichen Zahl von Fällen überzeugt, dass bei sehr ausgeprägten und hochentwickelten Formen des Leidens allenthalben am Thorax jede inspiratorische Schalländerung fehlt, bei leichteren Formen dagegen wohl noch erkennbar ist, aber in einer viel geringeren Deutlichkeit, als am normalen Thorax. In letzteren Fällen ist der inspiratorische Schallwechsel nicht immer gleichmässig über die ganze Thoraxfläche verbreitet, sondern nur partiell vorhanden: so kann derselbe vorne fehlen, dagegen hinten noch mehr oder weniger deutlich erkennbar sein und umgekehrt, oder er fehlt nur an der einen Seite, während er an der anderen nur vermindert ist, oder er fehlt nur im Bereiche des regressiven inspiratorischen Schallwechsels, während er in der Nähe der Lungengrenze, d. h. im Bereiche des progressiven inspiratorischen Schallwechsels, noch deutlich vorhanden ist, Differenzen, welche wohl in verschiedenen Graden der Entwicklung der Krankheit an den einzelnen Lungenparthieen begründet sein dürften. In seltenen Fällen habe ich auch eine Abweichung vom normalen Verhalten in der Weise gefunden, dass innerhalb des Bereiches des regressiven inspiratorischen Schallwechsels der Percussionsschall bei forcirten Inspirationsbewegungen besonders an der hinteren Thoraxfläche an Tiefe und Intensität merklich zunahm, also einen progressiven inspiratorischen Wechsel darbot.

In diagnostischer Beziehung dürfte die Berücksichtigung der Verhältnisse des respiratorischen Schallwechsels bei Emphysem einen nicht unwichtigen Anhaltspunkt gewähren bezüglich des Grades der Erkrankung, sowie einer etwa zu Stande gekommenen Besserung des Leidens. In letzterer Beziehung will ich eines sehr ausgeprägten Falles von Emphysem bei einem 45jährigen Manne erwähnen, welcher bei seiner Aufnahme in die Klinik (Juli 1878) an keiner Stelle des Thorax eine Andeutung inspiratorischen Schallwechsels erkennen liess. Letzterer kehrte deutlich wieder, unter gleichzeitiger Abnahme der functionellen Beschwerden und Zunahme der vitalen Lungencapacität, nachdem während einiger Wochen Patient mittels Ausathmungen in verdünnte Luft (am Geigel-Mayr'schen Apparat) behandelt worden war.

Es ist offenbar, dass beim vesiculären Emphysem die Thoraxwand wegen der permanent inspiratorischen Stellung, in welcher sie sich bei genannter Krankheit befindet, stärker gespannt ist als unter normalen Verhältnissen, und man sollte erwarten, dass hierdurch vielmehr ein kürzerer und höherer Percussionsschall als beim gesunden Thorax sich ergeben müsse. Bekanntlich aber verhält sich die Sache umgekehrt, und vergleicht man den Schall eines emphysematischen Thorax mit jenem eines normalen, so erkennt man, dass — ceteris paribus — ersterer tiefer und lauter ist als letzterer. Noch grösser gestaltet sich die Schalldifferenz, wenn man innerhalb des Bereiches des regressiven inspiratorischen Schallwechsels einen emphysematischen Thorax mit einem normalen, auf der Höhe einer ausgiebigen Inspiration befindlichen Thorax vergleicht, in welcher Stellung bei letzterem die regressive inspiratorische Schalländerung sich geltend macht; und doch dürfte in beiden Fällen ein wesentlicher Unterschied in der Spannung der Brustwand kaum angenommen werden können. Die Ursache der grösseren Intensität und Tiefe des Schalles beim Emphysem scheint darin gelegen zu sein, dass hier die Lunge bei absoluter Vermehrung des Luftgehaltes zugleich wegen Verdünnung und Schwund einer grösseren Summe von Alveolarwandungen, Blutgefässen, Bestandtheilen des interstitiellen Gewebes u. dgl. eine absolute Verminderung der festen Parenchymbestandtheile, und damit eine Annäherung an jene Verhältnisse darbietet, wie sie bei einem einfachen Luftschallraume (z. B. Pneumothorax) gegeben sind. In Folge des Geschwundenseins einer grossen Anzahl von Alveolarwandungen, welche die Verbreitung der Schallwellen hinderten, vermag die der Thoraxwand mitgetheilte percussorische Erschütterung auf eine grössere Fläche und Tiefe in die Lunge sich fortzusetzen, und damit eine grössere, absolut luftreichere Lungenmasse in Schwingungen zu versetzen. Unter diesen Verhältnissen kann bei mageren Emphysematikern trotz der gesteigerten Spannung der Brustwand doch eine solche Tiefe und Hypersonorität des Percussionsschalles resultiren, dass man eine besondere Modification desselben als „Schachtelton“ (Biermer) unterscheiden zu können glaubte. Gerade durch die absolute Verminderung der festen Gewebsbestandtheile unterscheidet sich, abgesehen von den hier nicht in Betracht kommenden Elasticitätsverschiedenheiten, eine emphysematische Lunge ceteris paribus von einer normalen, in möglichst starker inspiratorischer Stellung begriffenen Lunge, und der percussorische Vergleich wird aus den angeführten Gründen bezüglich der Tiefe und Sonorität des Schalles stets zu Ungunsten der letzteren ausfallen müssen, indem die dämpfenden Einflüsse der gesteigerten Spannung der Thoraxwand und der noch vorhandenen festen Bestandtheile des Parenchyms hypercompensirt werden durch die entgegenwirkenden Einflüsse der absoluten Luftvermehrung, der Rarefaction des festen Lungengewebes und der deshalb erleichterten Verbreitung der Schallwellen über eine grössere Masse von Lungensubstanz.

Die Ursache der Verminderung oder selbst des völligen Verschwindens des respiratorischen Schallwechsels bei Emphysem scheint offenbar darin gelegen zu sein, dass der permanent stark erweiterte Thorax weitere inspiratorische Excursionen in einem nur sehr beschränkten Grade auszuführen im Stande ist. Die geringe, überhaupt noch mögliche inspiratorische Spannungszunahme der Thoraxwand und des Lungenparenchyms wird in ihren Einwirkungen auf den Percussionsschall nahezu oder vollständig compensirt durch den Zuwachs an Luft; mitunter wird letzterer selbst überwiegend und für den Percussionsschall dominirend, in welchen Fällen alsdann innerhalb jener Bezirke, in denen unter normalen Verhältnissen der inspiratorische Schallwechsel ein regressiver ist, in umgekehrter Weise ein progressiver inspiratorischer Schallwechsel zu Tage tritt. Auch ist die inspiratorische Luftaufnahme, resp. Dickenzunahme der die Leber bedeckenden, an sich schon abnorm mächtigen Schichte von Lungensubstanz nicht bedeutend genug, um unterhalb der neutralen Zone einen deutlichen progressiven inspiratorischen Schallwechsel zu ermöglichen. Da die emphysematöse Lunge die pleuralen Complementärräume vollkommen erfüllt, so fehlt auch die inspiratorische Flächenausdehnung derselben an ihren unteren und cardialen Rändern, und es bleiben die Grenzen derselben bei forcirten Inspirationsbestrebungen dieselben, wie bei exspiratorischer Stellung oder ändern sich in einem nur sehr beschränkten Grade.

Dagegen sind bei allen asthmatischen Erkrankungsformen, wenn dieselben nicht als Folgezustände des vesiculären Lungenemphysems erscheinen, die inspiratorischen Schalländerungen während der Paroxysmen in gleicher Weise, und zwar wegen der hiebei gesteigerten respiratorischen Excursionen der Brustwand meist selbst in einer noch grösseren Deutlichkeit, als am normalen Thorax ausgeprägt. Es gilt dies für jene Asthmaformen, wie sie beim Mangel jeder anatomischen Störung des Lungengewebes bei Hysterie, bei Fetterkrankung des Herzens, sowie bei chronischer Nephritis (Asthma uraemicum) als vorübergehende Anfälle so häufig zur Beobachtung gelangen. Ein gleiches Verhalten beobachtete ich in einem mit hochgradiger Dyspnoë und sehr gesteigerten respiratorischen Excursionen des Thorax einhergehenden, tödtlich verlaufenden Falle von acuter disseminirter Miliartuberculose der Lungen. Auch bei den bekannten Formen des sog. nervösen, meiner Ueberzeugung nach auf Krampf der Bronchien beruhenden Asthmas konnte ich in einigen Fällen im Gegensatze zum Lungenemphysem von dem sehr ausgeprägten Fortbestande des inspiratorischen Schallwechsels auch während der transitorischen Dilatation der Lungen auf der Höhe des Anfalles mich überzeugen.

Acute croupöse Pneumonie. Bevor ich zur Darstellung des respiratorischen Schallwechsels bei genannter Krankheit übergehe, will ich eines eigenthümlichen Verhaltens gedenken, welches der Percussionsschall bei derselben an gewissen symmetrischen Stellen des Thorax abgesehen von den Athembewegungen darbietet. Ich habe hier jene, die Mehrzahl bildenden Fälle acuter genuiner Pneumonie im Auge, in denen die hinteren Lungenpartien der Sitz einer mehr oder minder verbreiteten Hepatisation sind, während der vorderen Thoraxwand intact gebliebenes Lungenparenchym anlagert. Percutirt man in solchen Fällen vergleichend die beiden vorderen oberen Thoraxpartien, so erkennt man in der Regel während der Dauer der Hepatisation an der kranken Seite eine grössere Tiefe und Intensität des Schalles, als an der gesunden, und es ist das genannte Symptom ein so regelmässiges, dass man schon bei der Percussion der vorderen Thoraxfläche aus der Hypersonorität des Schalles sofort die Seite bezeichnen kann, auf welcher hinten die Hepatisation sich findet. Bereits Traube[1]) constatirte dieses Tieferwerden des Schalles an den intacten Partien der pneumonischen Seite und sucht das Phänomen aus einer Spannungsabnahme der lufthaltig gebliebenen Theile zu erklären, welche sich, vermöge ihres fortdauernden Bestrebens, das natürliche Volumen anzunehmen, um eben so viel zusammenzögen, als die infiltrirten Partien durch das in ihre Alveolen abgesetzte Entzündungsproduct ausgedehnt würden. Ich kann dieser Erklärung zunächst deshalb nicht zustimmen, weil eine Entspannung der Lunge das Auftreten eines tympanitischen Schalles zur Folge haben müsste, welchen ich aber unter den in Rede stehenden Verhältnissen niemals beobachtet habe. Wenn die lufthaltigen Lungentheile um so viel sich zusammenziehen würden, als die hepatisirten Theile an Volumen zunehmen, so müssten bei Sectionen die ersteren unterhalb des Niveaus der letzteren liegend gefunden werden, was aber thatsächlich nicht der Fall ist. Zudem ist eine irgendwie stärkere Volumszunahme der hepatisirten Theile und damit ein nennenswerther Druck auf die intact bleibenden Abschnitte der Lunge nicht anzunehmen, und auch bei den ausgebreitetsten Hepatisationen mangeln alle Erscheinungen von Erweiterung der kranken Seite und Dislocation der Nachbarorgane. Ich glaube vielmehr jene Hypersonorität des Schalles an den bezeichneten Stellen auf eine durch vicarirende Ath-

---

1) Gesammelte Beiträge zur Pathol. und Physiol. Berlin 1871. 2. Bd. S. 853.

mung entstandene acute Lungenblähung zurückführen zu müssen, und es ist hier der gesteigerte Luftgehalt der Alveolen (relative Verminderung der festen Gewebsbestandtheile) der den Percussionsschall bestimmende Factor. Demgemäss findet sich denn auch an den Stellen des hypersonoren Schalles in der Regel ein stärkeres (supplementäres) Vesiculärathmen, als an den symmetrischen Partien der gesunden Seite, und ist an ersteren der regressive inspiratorische Schallwechsel besonders deutlich ausgeprägt.

Dagegen war ich niemals in der Lage, an den Stellen, an welchen das hepatisirte Lungengewebe der hinteren Fläche der Brustwand direct anliegt, eine respiratorische Aenderung des Percussionsschalles zu erkennen: der gedämpfte Schall bleibt auch am Ende einer möglichst tiefen Inspiration stets der gleiche, wie im Beginne derselben. Wohl aber tritt im Stadium der Lösung ein sehr deutlicher inspiratorischer Schallwechsel in der Weise zu Tage, dass der wieder heller gewordene, meist sehr deutlich tympanitische Schall bei tiefer Einathmung kürzer und höher wird und zugleich seinen tympanitischen Klang verliert. Indessen habe ich doch auch in einzelnen Fällen an den Stellen der Lösung gerade einen umgekehrten (progressiven) inspiratorischen Schallwechsel beobachtet, d. h. der tympanitisch helle Schall wurde bei tiefem Einathmen, gleichfalls unter Verlust seines tympanitischen Klanges, tiefer und lauter, und es scheint somit unter gewissen, nicht näher angebbaren Bedingungen die in die Alveolen wiederum eintretende grössere Luftmenge dominirend wirken zu können über die Einflüsse der bei der Inspiration sich stärker spannenden Brustwand und Alveolarwandungen.

Anders liegen die Verhältnisse bei Pneumonieen des oberen Lappens, gleichviel ob dieselben für sich allein bestehen, oder einen Theil einer über die gesammte Lunge ausgebreiteten Hepatisation darstellen. Percutirt man in solchen Fällen die Reg. infraclavicularis, so erhält man, und zwar meist besonders deutlich in dem medialen Abschnitte derselben, häufig einen in gewissem Grade hellen, tympanitischen Schall, obgleich hier, wie das starke bronchiale Athmen beweist und auch gelegentlich durch das Sectionsresultat bestätigt wird, durchaus hepatisirtes Gewebe vorhanden ist. Manchmal ist unter diesen Verhältnissen auch bei Percussion der Achselhöhle ein Schall von der bezeichneten Qualität erkennbar. Bekanntlich handelt es sich hier um den sog. Williams'schen Trachealschall, wie solcher in gleicher Weise auch bei chronischen, den oberen Lappen gleichmässig verdichtenden Infiltrationen und Indurationen vorkommt. Indem hier durch das verdichtete Gewebe eine continuirliche, den Percussionsstoss gut leitende Verbindung zwischen Thoraxwand und Lungen-wurzel hergestellt wird, ist die Möglichkeit gegeben, dass durch die Percussion die Luft in der Bifurcation der Trachea und in letzterer selbst mittelbar in Schwingungen geräth, so dass der an den bezeich-neten Stellen der Thoraxwand vorhandene helle tympanitische Schall eigentlich als der Schall der genannten Cavitäten zu betrachten ist. Demgemäss wiederholen sich an dem Williams'schen Tracheal-schall alle jene Besonderheiten, welche den durch directe Percussion der Trachea erzeugten Percussionsschall auszeichnen, d. h. ein Höher-werden bei offenem Munde (Wintrich'scher Schallwechsel), sowie eine Höhenzunahme bei tiefer Inspiration, welche sich meiner Ueber-zeugung nach hier nur auf die inspiratorische Erweiterung der Stimm-ritze beziehen lässt [1]). Als neuen Grund zur Stütze dieser Anschauung kann ich den in der citirten Abhandlung ausgeführten Argumenten noch den Umstand beifügen, dass der tympanitische Klang des Wil-liams'schen Trachealschalles bei tiefer Inspiration an Deutlichkeit nicht abnimmt; derselbe würde sich vermindern oder vollständig ver-schwinden, wenn die inspiratorische Höhenzunahme des Schalles in einer Spannungssteigerung der Thoraxwand begründet wäre. Denn in allen Fällen, in denen ein am Thorax vorhandener tympanitischer Schall eine andere Genese besitzt, als sie dem Williams'schen Trachealschalle zu Grunde liegt, ist der inspiratorische Schallwechsel wegen Spannungssteigerung der Thoraxwand und des Lungengewe-bes durch Verlust oder mindestens Verminderung des tympanitischen Timbre charakterisirt.

Um Missverständnissen vorzubeugen, will ich zu erwähnen nicht unterlassen, dass keineswegs immer und überall an solchen Stellen, an denen Williams'scher Trachealschall vorhanden ist, auch inspi-ratorischer Schallwechsel in der vorhin bezeichneten Weise besteht. Letzterer kann auch fehlen, indem eben doch nicht in allen Fällen die Einflüsse der inspiratorisch sich erweiternden Stimmritze auf wei-tere Entfernung hin sich geltend machen, auch der bei acuten Pneu-monieen meist vorhandene Schmerz nicht immer die Ausführung einer hinreichend tiefen, eine ergiebige Erweiterung der Stimmritze herbei-führenden Inspiration gestattet.

Pleuritis exsudativa. Bei dieser Affection begegnen wir in Bezug auf den respiratorischen Schallwechsel sehr complicirten und je nach Stadium der Erkrankung, Menge des Exsudates und Ver-halten der Inspirationsmuskeln verschiedenen Verhältnissen.

---

1) Vgl. meine Abhandlung: Zur Percussion des Kehlkopfs und der Trachea. Deutsches Archiv für klin. Med. Bd. XXIV. 1879. S. 267.

Bekanntlich hat Scoda zuerst erkannt, dass bei Exsudaten, welche die unteren Theile des Pleurasackes erfüllen und die betreffenden Lungenpartien bis zur Luftleere comprimiren, der Percussionsschall an den vorderen oberen Abschnitten der kranken Thoraxseite deutlich tympanitisch wird. Es ist in der That dieser „Scoda'sche Schall" unter den angegebenen Verhältnissen eine so regelmässige Erscheinung, dass man meist schon bei der Percussion der Infraclaviculargegenden die Seite zu erkennen vermag, auf welcher der Erguss vorhanden ist [1]). Als Ursache dieser Schalländerung betrachtet man allgemein eine durch den Druck der unten angehäuften Flüssigkeit bedingte Entspannung und mehr oder minder bis zum natürlichen Volumen gehende Retraction der oberen Lungenpartien. Traube [2]) berücksichtigte zuerst auch die Höhen- und Intensitätsverhältnisse jenes tympanitischen Schalles und fand, dass derselbe bei mässig grossen Pleuraexsudaten, welche den Thorax noch nicht erweiterten und die Nachbarorgane noch nicht verdrängten, abnorm laut und tief, bei grossen, das Niveau der Brustwarze überschreitenden Ergüssen dagegen abnorm hoch und gedämpft werde. In übereinstimmender Weise sprechen sich die bedeutendsten Autoren, welche nachher über Pleuritis schrieben, aus, wie Fräntzel [3]), Ferber [4]) und Weil [5]); letzterer fügt noch bei, dass die abnorme Tiefe und Lautheit des Schalles schon zu einer Zeit deutlich ausgesprochen sein könne, in welcher der tympanitische Beiklang noch nicht vorhanden sei. Zur Erklärung beziehen sich die bezeichneten Autoren auf die bekannten Wintrich'schen Experimente, nach welchen die Schallhöhe mit wachsender Spannung des Lungenparenchyms abnimmt und umgekehrt, und es habe die Vertiefung des Schalles in der Infraclavi-

---

1) Dass an der tympanitisch schallenden Infraclaviculargegend bei exsudativer Pleuritis nicht selten auch das Geräusch des gesprungenen Topfes besteht, was von allen neueren Autoren über Pleuritis gleichfalls constatirt wurde, habe ich bereits im Jahre 1856 ausführlich geschildert und mit Krankengeschichten belegt. Ebenso habe ich damals des Vorkommens metallischer und amphorischer Phänomene bei Pleuritis wiederholt und ausführlich gedacht (Ueber die diagnostische Bedeutung der objectiven Höhlensymptome. Verhandlungen der physikal.-medicin. Gesellschaft in Würzburg. Bd. VII. 1856. S. 91, 104, 106).

2) Gesammelte Abhandlungen zur Pathologie und Physiologie. Bd. II. 1871. S. 852. — Vergl. auch die unter Traube's Leitung gearbeitete Dissertation von Hermann Althaus: De thoracis sono percussorio nonnulla. Berol. 1857.

3) Krankheiten der Pleura. Ziemssen's Handbuch der spec. Path. u. Ther. Bd. IV. 2. Hälfte. 2. Aufl. 1877. S. 414 ff.

4) Die physikalischen Symptome der Pleuritis exsudativa. Marburg 1875 S. 22, 42.

5) Topographische Percussion. Leipzig 1877. S. 138.

culargegend bei mittelgrossen Exsudaten denselben Grund, wie das Tympanitischwerden desselben, nämlich die Spannungsabnahme der lufthaltig gebliebenen oberen Lungentheile. „Wäre, so sagt Traube, das Volumen des lufthaltigen Lungenparenchyms, das durch die Percussion in Schwingungen versetzt wird, bestimmend für die Schallhöhe, so müsste letztere bei mittelgrossen Ergüssen offenbar wachsen, statt sich zu vermindern; denn das Quantum lufthaltigen Parenchyms, das durch den Stoss in Schwingungen versetzt wird, ist auf der kranken Seite offenbar kleiner, als auf der gesunden." Bei grossen Ergüssen sei der tympanitische Schall in der Infraclaviculargegend umgekehrt abnorm hoch und gedämpft, indem hier die Abnahme des Volums der schwingenden Luftsäule über die Abnahme der Spannung überwiege.

Nach meinen eigenen Erfahrungen befinde ich mich in Bezug auf die in Rede stehenden thatsächlichen Verhältnisse nur theilweise mit den genannten Autoren in Uebereinstimmung, insofern ich nicht allein bei grossen pleuritischen Ergüssen den tympanitischen Schall in der Infraclaviculargegend der kranken Seite höher finde, als an der symmetrischen Stelle der gesunden Hälfte, sondern ebenso auch bei mittelgrossen Exsudaten, sowie überhaupt in allen Fällen, in denen der Erguss hinreichend reichlich ist, um den Schall an der vorderen Thoraxfläche zu alteriren. Ich finde die klinischen Verhältnisse hier in Uebereinstimmung mit dem früher (S. 12) von mir geschilderten Experiment mit der herausgenommenen Lunge, deren Schall durch mässig starkes Aufblasen unter Einbusse seines tympanitischen Klanges an Tiefe zunimmt. Die mässig aufgeblasene Lunge bei jenem Experiment dürfte bezüglich ihres Tensionsgrades einer normalen, innerhalb des Thorax eingeschlossenen Lunge, hingegen die entspannten oberen Lungenpartien bei pleuritischen Exsudaten mehr oder minder einer herausgenommenen, retrahirten Lunge gleichgesetzt werden können. An der angeführten Stelle (S. 12) haben wir zugleich hervorgehoben, dass die Wintrich'sche Angabe bezüglich des Höherwerdens des Schalles nur seine Richtigkeit hat für eine durch äusseren Zug, nicht aber durch „innere Dehnung", d. h. Aufblasen, mehr oder minder gespannte Lunge, insofern bei letzterer innerhalb gewisser Grenzen der Einfluss des grösseren Luftgehaltes auf den Percussionsschall jenen der gesteigerten Gewebsspannung überwiegt.

Wir haben früher (S. 12) gesehen, dass die Tiefe und Dauer des Schalles einer nur mässig aufgeblasenen Lunge abnimmt, wenn man dieselbe durch fortgesetztes Lufteinblasen noch stärker spannt, und dass erst auf einem höheren Grade der Spannung der Einfluss letzterer auf den Percussionsschall dominirend wird. Demgemäss erkennt man, wenn man eine herausgenommene, collabirte Lunge langsam bis zu hohem Grade aufbläst, einen doppelten Schallwechsel, wie derselbe früher (S. 12) beschrieben wurde. Obgleich nun bei der herausgenommenen Lunge die Verhältnisse insoferne einfacher liegen, als bei der in der Brusthöhle eingeschlossenen, als bei letzterer noch der den Percussionsschall influirende Factor der wechselnden Brustwandspannung hinzu tritt, so kann man doch auch bei pleuritischen Exsudaten an den Stellen des Scoda'schen Schalles (Infraclaviculargegend) einen jenem Experimente entsprechenden doppelten Schallwechsel oftmals deutlich zur Wahrnehmung bringen, wenn man während einer langsamen und möglichst tiefen Inspirationsbewegung mit rasch sich folgenden Schlägen percutirt und auf diese Weise die Wandlungen verfolgt, welche der Schall während der ganzen Dauer der genannten Bewegung erleidet. Man erkennt alsdann, dass zwischen dem tympanitischen Anfangsschall und dem hohen und kurzen Endschall ein intermediäres Stadium liegt, welches sowohl jenem, wie diesem gegenüber durch eine grössere Tiefe sich bemerklich macht. Es kommt dieser doppelte, progressiv-regressive inspiratorische Schallwechsel dadurch zu Stande, dass die entspannte, tympanitisch schallende Lungenpartie in der Anfangszeit der Inspirationsbewegung zunächst in jenen Spannungsgrad versetzt wird, den eine im Thorax eingeschlossene, normale Lunge besitzt, und demgemäss der Scoda'sche Anfangsschall unter Verlust seines tympanitischen Klanges, entsprechend dem Experimente, lauter und tiefer wird, d. h. zunächst progressiv sich verändert. Von hier aus erfolgt nun weiterhin bei fortschreitender Inspiration eine regressive, durch ein Höher- und Kürzerwerden des Schalles charakterisirte Aenderung in derselben Weise, wie sie an jeder gesunden, bereits von vorne herein in jenem intermediären Spannungszustande befindlichen Lunge als normale Erscheinung vorhanden ist (S. 20). Immer aber ist bei dem doppelten Schallwechsel pleuritischer Exsudate der terminale Schall auf der Höhe einer möglichst tiefen Inspiration kürzer und höher, als der Scoda'sche Anfangsschall, wie man leicht erkennt, wenn man lediglich am Anfang und am Ende der Inspiration percutirt und die hierbei erhaltenen beiden Schalle mit einander vergleicht. Bei dieser Percussionsweise muss dann freilich das intermediäre Schallstadium übersehen werden, und man erkennt dann nur einen einmaligen Wechsel, welcher durch ein Höher- und Kürzerwerden des Schalles am Ende der Inspiration gegenüber dem tympanitischen Anfangsschall gekennzeichnet ist. Schon Traube[1] that eines solchen einfachen inspiratorischen Schallwechsels in der Infraclaviculargegend bei pleuritischen Exsudaten Erwähnung und erklärte denselben durch den Einfluss, welchen die Spannung des Lungengewebes auf die Schallhöhe äussert. Weshalb aber, wie der genannte Forscher angibt und Fräntzel[2] wiederholt, jener Schallwechsel nur oder vorzugsweise bei doppelseitigen Pleuraergüssen vorkommen solle, ist mir unverständlich geblieben. Indessen will ich keineswegs behaupten, dass der doppelte inspiratorische Schallwechsel bei pleuritischen Exsudaten eine constante Erscheinung sei; derselbe findet sich nur in der Mehrzahl der Fälle. Manchmal fehlt das intermediäre Schallstadium und es geht der Anfangsschall unter Abnahme oder selbst vollständigem Verlust seines tympanitischen Klanges schon bei mässig tiefer Inspiration direct in einen kürzeren und höheren Schall über, indem hier die gesteigerte Brustwandspannung im Verein mit der stärkeren Spannung des Lungenparenchyms schon gleich anfangs in dominirender Weise zur Geltung gelangt.

Nur in einem einzigen Falle war ich bisher in der Lage, mich von einem an der Infraclaviculargegend der kranken Seite vorhandenen einfachen progressiven inspiratorischen Schallwechsel zu überzeugen. Es war dies bei einem, mit einem rechtsseitigen, vorne bis zur Höhe der Brustwarze reichenden Exsudate behafteten Manne, bei welchem der Scoda'sche Anfangsschall an den vorderen oberen Partien der kranken Seite bei möglichst tiefer Inspiration unter Einbusse des tympanitischen Beiklanges sehr deutlich sich vertiefte, und damit einen sehr markirten Contrast bildete zu dem regressiven inspiratorischen Schallwechsel, wie er in normaler Weise an der symmetrischen Stelle der gesunden Seite bestand. Ich glaube diese in seltenen Fällen von mächtigen Pleuraexsudaten vorkommende Erscheinung in der Weise erklären zu müssen, dass die Kranken in Folge von verminderter Energie ihrer Inspirationskräfte die kranke Thoraxseite über ein gewisses Maass hinaus zu erweitern ausser Stande sind. Die Schalländerung überschreitet dann nicht das intermediäre Stadium des Tieferwerdens, indem eben auch bei möglichst starker Inspirationsbewegung jener Grad von Spannung der Thoraxwand und des Lungenparenchyms nicht erreicht werden kann, wie er für das Zustandekommen eines doppelten inspiratorischen Schallwechsels, resp. dessen Endstadiums erforderlich ist.

Wenn ein pleuritisches Exsudat eine solche Massenhaftigkeit er-

---

1) a. a. O. S. 853.   2) a. a. O. S. 415.

reicht hat, dass es den Pleurasack bis hinauf zur Spitze erfüllt und unter Verschiebung der Nachbarorgane das Mediastinum stark verdrängt, so kann in Folge des transversal wirkenden Drucks die gesammte Lunge der gesunden Seite einen solchen Grad von Entspannung erfahren, dass überall an derselben ein mehr oder minder deutlich tympanitischer Schall zu Tage tritt. Es wird eben in einem solchen Falle die Lunge der entgegengesetzten Seite unter dieselben physikalischen Bedingungen versetzt, unter denen bei minder reichlichen Exsudaten die noch lufthaltigen oberen Lungenparthieen der kranken Seite sich befinden. Schreitet man zur Thoracocentese, so kann man sich leicht überzeugen, dass der Schall der gesunden Lunge, wenn dieselbe während des Ausfliessens der Flüssigkeit sich mehr und mehr ausdehnt, fortschreitend tiefer wird und den tympanitischen Klang verliert. Vor der Punction kann man übrigens, wovon ich mich einige Male überzeugte, an der tympanitisch schallenden Thoraxseite in derselben Weise, wie ich dies oben für die Stellen des Scoda'schen Schalles an der pleuritischen Seite geschildert habe, bei tiefer Inspiration ganz deutlich einen doppelten Schallwechsel erkennen. Aber auch hier kann das intermediäre Stadium nur sehr undeutlich ausgeprägt sein oder auch vollständig fehlen, so dass aus oben angeführtem Grunde bei tiefer Inspiration der tympanitische Schall sofort in einen höheren, kürzeren und nicht tympanitischen sich umwandelt.

Es ist eine bekannte und mehrfach hervorgehobene Thatsache, dass bei excessiv reichlichen, den Pleuraraum bis zur Spitze erfüllenden Ergüssen die Percussion im Infraclavicularraum der kranken Seite, am deutlichsten in dessen medialer Hälfte, sowie auch auf dem Manubrium sterni oftmals einen auffallend hellen und tympanitischen Schall ergibt. Dass dieser Schall nicht etwa, analog dem Scoda'schen Schalle, seine Entstehung hier noch vorhandenen lufthaltigen Parenchymtheilen verdankt, beweist der in dessen Ausdehnung bestehende Mangel des vesiculären Athmungsgeräusches, welches vielmehr ersetzt ist durch ein lautes und starkes, nicht selten von amphorisch-metallischem Klange begleitetes, bronchotracheales Athmen. Es ist nicht zu bezweifeln, dass jener helle tympanitische Schall als „Williams'scher Trachealton" aufzufassen ist, und es wird dessen Entstehung dann begreiflich, wenn die durch den Erguss bis zur Luftleere comprimirten und durch Verwachsungen an die vordere Thoraxwand fixirten obersten Lungenabschnitte an letztere angedrängt werden, und somit zwischen Brustwand und Lungenwurzel, resp. Trachea, ein den Percussionsstoss gut leitendes Medium hergestellt ist. Der tympanitische Schall zeigt dann auch hier in der Regel sehr deutlich den Wintrich'schen, sowie den durch die wechselnde Weite der Stimmritze bedingten respiratorischen Schallwechsel in gleicher Weise, wie dies bei jenen Formen des Williams'schen Trachealtones der Fall ist, welchen Infiltrationen der oberen Lungenparthieen zu Grunde liegen (S. 39)[1]. Dagegen fehlt an allen Stellen des Thorax, an denen in Folge des flüssigen Ergusses absolute Dämpfung des Schalles besteht, jede Andeutung einer respiratorischen Schalländerung, selbst bei möglichst tiefen Inspirationsbewegungen, und ich muss auch hier meine bereits früher (S. 27) geäusserten Bedenken gegenüber Rosenbach aufrecht erhalten, wenn derselbe bei Pleuritis auch an den Stellen des leeren Schalles noch respiratorische Höhendifferenzen erkennen will. Wenn auch immerhin in der Ausdehnung des Ergusses respiratorische Spannungsdifferenzen der Brustwand noch innerhalb gewisser Grenzen möglich sind, so fehlen eben die lufthaltigen Theile, durch deren Mitschwingung die wechselnden Spannungsverhältnisse der Brustwand erst zum acustischen Ausdruck gebracht werden können.

Eigenthümlichen Verhältnissen des respiratorischen Schallwechsels begegnet man bei nur theilweise die Pleurahöhle erfüllenden Exsudaten an den Grenzlinien der Flüssigkeit, d. h. da, wo der absolut gedämpfte Schall in den hellen Schall der angrenzenden, noch luftführenden Lungentheile übergeht. Man kann sich leicht überzeugen, dass der leere Schall, den man bekommt, wenn man etwas unterhalb des eigentlichen Niveaus der Flüssigkeit percutirt, bei tiefer Inspiration in einen bis zu einem gewissen Grade hellen sich umwandelt. Ein solcher progressiv inspiratorischer Schallwechsel wird in ausgeprägtem Grade besonders dann zu Stande kommen, wenn das Zwerchfell fortdauernd thätig ist und durch seine inspiratorische Abwärtsbewegung die Längsdimension der Pleurahöhle verlängert. Indem dann die ganze Flüssigkeitssäule tiefer sinkt, werden die zunächst der Exsudatgrenze gelegenen, vorher comprimirt gewesenen Lungentheile wieder Luft aufzunehmen im Stande sein, und an die Stellen rücken, welche das nach unten tretende Exsudat verlässt. Bei rechtsseitigen Exsudaten kann man von der fortdauernden Action des Zwerchfells auch dadurch mit aller Bestimmtheit sich überzeugen, dass man das Tiefertreten des unteren Leberrandes bei

---

1) Vergl. meine Abhandlungen: Zur diagnostischen Bedeutung der objectiven Höhlensymptome. Verhandlungen der physikal.-med. Gesellschaft zu Würzburg. VII. 1856. S. 104—106, sowie: Zur Percussion des Kehlkopfs und der Trachea. Deutsches Archiv für klin. Med. Bd. XXIV. 1879. S. 267.

tiefer Inspiration durch die Percussion, in manchen Fällen auch durch die Palpation constatirt. Ferber[1] hat bei Thieren, denen er Flüssigkeit in den Pleurasack brachte, das inspiratorische Sinken derselben direct beobachtet, indem er sich durch bis auf die Pleura gehende Fenster, die er in der Thoraxwand anbrachte, einen Einblick in das Innere verschaffte, und Gerhardt[2] zuerst den bezeichneten Vorgang beim Menschen percussorisch nachgewiesen. Letzterer Forscher fügt freilich hinzu, dass durch die frühzeitige Bildung von Verwachsungen in der Umgebung des Ergusses das Tiefertreten desselben gehindert werde, und dass alsdann die obere Grenze des absolut gedämpften Schalles auch bei tiefer Inspiration unverändert bleibe. Indessen scheint es mir doch schwer denkbar, auf welche Weise durch pleurale Verwachsungen das inspiratorische Sinken der Exsudatsäule und damit das Zustandekommen des progressiven inspiratorischen Schallwechsels an deren oberen Grenze verhindert werden sollte. Verwachsungen oberhalb der Linie, bis zu welcher der Erguss bei exspiratorischer Stellung des Thorax emporreicht, werden kaum in Betracht kommen können, insofern sie das inspiratorische Tiefertreten des Zwerchfelles und damit des Ergusses zu verhüten nicht im Stande sind. Es steht nichts im Wege, dass an jene Stellen der inneren Thoraxfläche, welche der Erguss bei seinem inspiratorischen Sinken oben verlässt, und an welchen eben doch pleurale Verwachsungen nicht bestehen können, bei tiefer Inspiration eine jedesmalige Anlagerung durch Luft vorübergehend sich stärker ausdehnender, vorher durch den Erguss von der Brustwand entfernt gewesener Lungentheile stattfinden wird. Es scheint mir daher ein Schluss aus dem Fehlen des inspiratorischen Schallwechsels an der Exsudatgrenze auf pleurale Verwachsungen und umgekehrt aus dem Vorhandensein des ersteren auf Mangel letzterer nicht gerechtfertigt.

Indessen wird man bei einer genauen Erwägung der möglichen Verhältnisse doch nicht behaupten können, dass für ein inspiratorisches Tiefertreten der oberen Ergussgrenze und damit für das Zustandekommen des progressiven inspiratorischen Schallwechsels an derselben die fortdauernde Action des Zwerchfells immer und unter allen Umständen erforderlich sei. Auch in solchen Fällen, in denen das Zwerchfell gelähmt und dem Exsudatdruck weichend convex in die Bauchhöhle gestellt ist, wird, so lange die Intercostalmuskeln nicht an der Paralyse sich betheiligen, noch immer eine inspiratorische Erweiterung der kranken Seite und damit eine progressive

---

1) a. a. O. S. 37.
2) Lehrbuch der Auscultation und Percussion. 3. Aufl. 1876. S. 238.

— 48 —

inspiratorische Schalländerung an der oberen Grenze des Ergusses als Ausdruck eines inspiratorischen Sinkens desselben möglich sein. Dass die respiratorische Schalldifferenz in solchen Fällen nicht in demselben Grade wird ausgeprägt sein können, als wenn das noch nicht dislocirte Diaphragma zugleich noch thätig ist, liegt wohl auf der Hand, und ich stimme vollständig den in Bezug auf diese Verhältnisse von Ferber[1]) gemachten Bemerkungen bei.

Eine sehr eigenthümliche und merkwürdige Art des inspiratorischen Schallwechsels kann man mitunter bei grossen Exsudaten in der Nähe der oberen Grenze derselben innerhalb der Zone erkennen, in welcher bei ruhiger Athmung der Schall noch einen gewissen Grad von Helligkeit besitzt. Man findet, dass der Schall bei tiefer Inspiration innerhalb der genannten Zone absolut gedämpft (leer) wird, und es ist diese regressive inspiratorische Schalländerung eine so bedeutende, dass sie durch die inspiratorische Steigerung der Brustwandspannung kaum genügend erklärt werden kann. Es dürfte vielmehr nicht zweifelhaft sein, dass es sich hier um ein inspiratorisches Höhertreten der oberen Ergussgrenze, um eine inspiratorische Hebung der ganzen Exsudatsäule handelt. Bei rechtsseitigen Ergüssen, wenn dieselben die Leber nach abwärts dislocirten, kann man durch die Percussion, mitunter auch besonders deutlich durch die Palpation ein entsprechendes Emporsteigen des unteren Leberrandes bei tiefer Inspiration erkennen; bei der Inspection sieht man mitunter zugleich ein inspiratorisches Einsinken und Flacherwerden der der kranken Seite entsprechenden Hälfte des Epigastriums und der Gegend unterhalb des Rippenbogens, während auf der gesunden Seite eine inspiratorische Vorwölbung sichtbar ist.

Ein inspiratorisches Höhertreten des gesammten Ergusses und damit die Entstehung eines regressiven inspiratorischen Schallwechsels oberhalb der oberen Exsudatgrenze wird zunächst dann möglich sein, wenn das convex in die Bauchhöhle gedrängte Zwerchfell seine Contractilität noch nicht verloren hat. Indem jetzt dasselbe bei der Inspiration sich abflachend höher steigt und den Längsdurchmesser der Pleurahöhle verkürzt, wird die gesammte Exsudatsäule emporgehoben; zugleich werden die das Exsudat oben begrenzenden Lungentheile bei jeder Inspiration von unten her stärker comprimirt, oder beim Mangel von Verwachsungen von der Thoraxwand abgedrängt und durch das flüssige Exsudat substituirt. Hier ist es also wesentlich die active Kraft des nun als Exspirationsmuskel wirken-

---

1) a. a. O. S. 38.

den Zwerchfells, welche das Emportreten des Ergusses bei der Inspiration veranlasst.

Aber auch ohne jede Mitwirkung des Diaphragmas, d. h. bei Lähmung desselben, kann ein inspiratorisches Höhertreten des Exsudates und damit die Entstehung obigen Schallwechsels zu Stande kommen, wie dies Weil[1] hervorgehoben hat und ich selbst nach eigenen Erfahrungen vollkommen bestätigen kann. Wird nämlich bei fortdauernder kräftiger Action sämmtlicher Intercostalmuskeln oder wenigstens eines noch grösseren Theiles derselben, sowie bei bestehender Dyspnoe auch der auxiliären Inspirationsmuskeln (Mm. scaleni, sternocleidomastoidei etc.) das Thoraxcavum noch immer inspiratorisch erweitert, sind aber die noch vorhandenen Reste athmungsfähigen Lungengewebes nicht im Stande, den neuentstehenden Raum vollständig auszufüllen, so wird durch den auf der Bauchwand lastenden Atmosphärendruck die gelähmte Zwerchfellhälfte und damit die ganze Exsudatsäule emporgeschoben, sit venia verbo nach oben angesaugt. Es ist dabei vollkommen gleichgiltig, ob das gelähmte Zwerchfell noch convex nach oben steht, oder in die Bauchhöhle herabgedrängt ist. In letzteren Fällen kann man bei rechtsseitigen Exsudaten das inspiratorische Hinaufsteigen der nach abwärts dislocirten Leber durch die Palpation des unteren Randes derselben auf das Bestimmteste verfolgen, und ich habe Fälle beobachtet, in denen diese Bewegung bis auf 3 Cm. sich belief. — Kann dagegen der durch die Action der Intercostalmuskeln neu entstehende Raum durch eine genügend reichliche und rasche Expansion der der Athmung noch zugänglichen Lungentheile vollständig ausgefüllt werden, so wird nicht allein eine inspiratorische Hebung des Ergusses unmöglich sein, sondern es würde in einem solchen Falle trotz Paralyse des Zwerchfelles selbst ein inspiratorisches Tiefertreten des Ergusses bis zu einem gewissen Grade sehr wohl zu Stande kommen können. Es wird somit weder die Existenz eines progressiven inspiratorischen Schallwechsels unterhalb, noch die eines regressiven inspiratorischen Schallwechsels oberhalb der oberen Exsudatlinie an sich einen sicheren Schluss gestatten auf vorhandene oder mangelnde Contractionsfähigkeit des Zwerchfells.

Weil[1] ist der Meinung, dass, wenn jede respiratorische Mobilität der oberen Exsudatgrenze fehle, entweder Abkapselung des Ergusses oder Lähmung des Zwerchfelles und der Intercostalmuskeln vorhanden sei. Bezüglich letzteren Punktes hat dieser Schluss wohl für die grosse Mehrzahl der Fälle seine volle Berechtigung. Aber

---

1) a. a. O. S. 149.

es lassen sich doch Verhältnisse denken, unter denen eine respiratorische Aenderung der oberen Exsudatgrenze ausbleibt trotz fortdauernder Action der Intercostalmuskeln und des Zwerchfells, vorausgesetzt dass letzteres in die Bauchhöhle convex herabgetreten ist und somit als Exspirationsmuskel zu wirken vermag. Dann haben wir zwei Kräfte, welche bei tiefer Inspiration in entgegengesetzter Weise auf das Volumen der Pleurahöhle einwirken: einerseits die Action der Intercostalmuskeln, welche an sich den Thorax erweitern und das Exsudat sinken machen würde, andererseits die Thätigkeit des Zwerchfelles, welches für sich allein durch sein inspiratorisches Emportreten den Pleuraraum verkleinern und den Erguss heben würde. Es lässt sich nun wohl denken, dass gelegentlich beide Factoren sich compensiren, und damit eine respiratorische Aenderung der oberen Exsudatgrenze verhütet wird. Uebrigens wird man nicht leicht im Zweifel bleiben können, ob eine respiratorische Immobilität der oberen Exsudatlinie in der eben angedeuteten Weise, oder in der That in einer Paralyse der Inspirationsmuskeln begründet ist, indem in ersterem Falle der Thorax noch respiratorische Excursionen vollführt, in letzterem Falle dagegen nicht mehr.

Eine vollständige respiratorische Immobilität des Thorax und damit der Mangel jeglichen respiratorischen Schallwechsels (ausgenommen natürlich den Schallwechsel oben an der Stelle eines etwa vorhandenen Williams'schen Trachealtones, vgl. S. 45) findet sich begreiflicher Weise bei schweren und diffusen Pleuritiden, wenn dieselben zu copiösen, den Pleurasack bis hinauf zur Spitze erfüllenden Exsudatmassen Veranlassung wurden und zugleich Paralyse sämmtlicher Inspirationsmuskeln bedingten. Aber auch bei excessiv reichlichen Exsudaten, welche die Pleurahöhle bis oben erfüllen, allenthalben absolut gedämpften Percussionsschall zeigen und in keiner Weise an eine auch nur partielle inspiratorische Luftaufnahme der vollkommen comprimirten Lunge denken lassen, ist die Möglichkeit respiratorischer Excursionen der Thoraxwand nicht ganz ausgeschlossen, wenn nur die Intercostalmuskeln wenigstens zum Theile noch thätig sind und im Verein mit der Action auxiliärer Inspirationskräfte noch bis zu einem gewissen Grade den Thorax zu erweitern im Stande sind. Der dadurch neugeschaffene Raum wird in der oben bezeichneten Weise durch das Emportreten des in solchen Fällen wohl stets gelähmten und nach unten dislocirten Zwerchfells in Folge des äusseren Atmosphärendrucks ausgefüllt.

Einige neuere Autoren, wie Ferber[1] und Weil[2], geben an,

---

1) a. a. O. S. 37.　　2) a. a. O. S. 149.

dass einer respiratorischen Immobilität der oberen Dämpfungslinie, abgesehen von Lähmung des Zwerchfells und der Intercostalmuskeln, auch Abkapselung des Ergusses durch periphere Verwachsungen zu Grunde liegen könne. Ich bin der Meinung, dass man die Bedeutung derartiger Adhäsionen überschätzt hat und dass dieselben kaum in besonderem Grade hinderlich sein dürften. Für den progressiven inspiratorischen Schallwechsel unterhalb der oberen Exsudatlinie habe ich bereits oben (S. 46) hervorgehoben, dass periphere Verwachsungen wohl kaum ein wesentliches Hinderniss zu bereiten im Stande sein dürften, und ich habe in einigen, mit Lungenphthise complicirten Fällen die ausgebreitetsten Adhärenzen in der Umgebung des Ergusses gesehen, in denen bei Lebzeiten ein deutlicher progressiver Schallwechsel an der oberen Exsudatgrenze vorhanden war. Eher allerdings könnten Verwachsungen für ein inspiratorisches Höhersteigen des Ergusses, d. h. für die Entstehung eines regressiven inspiratorischen Schallwechsels oberhalb der Exsudatlinie als störende Momente in Frage kommen. Indessen wird ein inspiratorisches Höhersteigen des Ergusses nicht allein unter Abdrängung der benachbarten Lungentheile von der Thoraxwand, welche allerdings den Mangel von Adhäsionen voraussetzen würde, sondern ebenso auch unter Compression derselben, welche auch bestehende Verwachsungen nicht zu verhüten im Stande sein werden, vor sich gehen können. Die das Exsudat begrenzenden, noch luftführenden Lungenparthieen sind wohl hinreichend weich und compressionsfähig, um auch im Falle ihres Verwachsenseins mit der Thoraxwand an den von letzterer entfernteren Punkten nachzugeben und das Emporsteigen des Exsudats zu gestatten.

Schliesslich möge noch eines nach abgelaufenen pleuritischen Processen nicht selten an gewissen Stellen zu beobachtenden Mangels eines unter normalen Verhältnissen daselbst vorhandenen inspiratorischen Schallwechsels gedacht werden. Ich meine das Fehlen jener progressiven inspiratorischen Schalländerung, wie sie am vorderen Rande des linken oberen und ebenso am unteren Rande des rechten unteren Lungenlappens, resp. an den Grenzen der absoluten Herz- und Leberdämpfung besteht, und durch das inspiratorische Vorschieben der Lungenränder in die betreffenden Complementärräume der Pleura (Sinus mediastino-costalis und phrenico-costalis) bedingt wird (S. 26). Ist in Folge pleuritischer Processe eine Obliteration der bezeichneten Sinus zu Stande gekommen, so ist selbstverständlich ein inspiratorisches Vorrücken der Lungenränder unmöglich geworden, und es werden alsdann die Grenzen der absoluten

Herz- und Leberdämpfung auch bei tiefster Inspiration nicht geändert, während der progressive inspiratorische Schallwechsel im Bereiche der relativen Dämpfung der bezeichneten Organe, wie früher (S. 25) auseinandergesetzt wurde, nicht beeinträchtigt wird. Dass indessen der Mangel eines progressiven inspiratorischen Schallwechsels zunächst den Lungenrändern innerhalb des Raumes der absoluten Herz- und Leberdämpfung keineswegs als ein untrügliches Zeichen für Obliteration des betreffenden Complementärraumes betrachtet werden darf, lehrt die Erwägung, dass schon eine Fixation des Lungenrandes an beide oder auch nur an eine der den Complementärraum begrenzenden Pleuraflächen, auch ohne Verwachsung der letzteren selbst, den gleichen Effect wird haben müssen. Derartige Fälle dürften allerdings nur als Ausnahmen zu betrachten sein, insofern wohl in der Regel durch denselben pleuritischen Process, welcher an den Lungenrändern Fixationen zurücklässt, auch der entsprechende Sinus zur Obliteration gebracht werden dürfte. Einige Fälle, in denen ich nach zur Heilung gebrachten rechtsseitigen Pleuraexsudaten die inspiratorische Immobilität des vorderen unteren Lungenrandes nach einiger Zeit wieder verschwinden und den normalen inspiratorischen Schallwechsel wiederkehren sah, scheinen zu beweisen, dass bestehende Adhärenzen des Lungenrandes oder Verwachsungen des Sinus durch die Bestrebungen des Lungenrandes, sich inspiratorisch vorzuschieben, wieder gelöst oder nach und nach bis zu einem solchen Grade gedehnt werden können, dass eine bis zu normalem Grade gehende Beweglichkeit des Lungenrandes wieder hergestellt werden kann.

Ich habe früher (S. 32) eines Schallwechsels gedacht, welcher unter normalen Verhältnissen an den Randpartien der Lungen durch eine möglichst starke Exspirationsbewegung hervorgebracht werden kann, und welchen ich, insoferne der bei ruhiger Athmung noch einen gewissen Helligkeitsgrad besitzende, relativ gedämpfte Schall in Folge der Retraction des Lungenrandes bei starker Exspiration in einen absolut gedämpften (leeren) Schall übergeht, als „regressiven exspiratorischen Schallwechsel" unterschieden habe. Ist in Folge von marginalen Verwachsungen Fixation des Lungenrandes vorhanden, so wird, da dessen exspiratorische Retraction dadurch gehindert wird, der bezeichnete Schallwechsel ausbleiben müssen, und es liesse sich wohl unter Berücksichtigung dieses Umstandes dann auch feststellen, dass dem gleichzeitigen Fehlen eines progressiven inspiratorischen Schallwechsels jedenfalls Adhäsionen des Lungenrandes zu Grunde liegen. Ob daneben zugleich auch Obliteration des betreffenden Complementärraumes vorhanden ist oder nicht, würde freilich dadurch nicht entschieden werden können. Wäre dagegen bei dem Vorhandensein eines die freie Beweglichkeit des Lungenrandes voraussetzenden regressiven exspiratorischen Schallwechsels ein Fehlen des progressiven inspiratorischen Schallwechsels constatirbar, so würde der Beweis geliefert sein, dass dem Mangel des letzteren eine isolirte Obliteration des Complementärraumes ohne gleichzeitige Fixation des Lungenrandes zu Grunde liegt.

Bezüglich der Verhältnisse am Herzen will ich nur noch hervorheben, dass das Ausbleiben einer inspiratorischen Verkleinerung des Raumes der absoluten Dämpfung keineswegs als sicheres Zeichen für Obliteration des Herzbeutels gedeutet werden darf, sondern dass hieraus lediglich das Vorhandensein einer Fixation des Lungenrandes oder einer Verwachsung des Sinus mediastino-costalis oder der beiden genannten Zustände hervorgeht. Vielleicht liesse sich auch hier unter gleichzeitiger Berücksichtigung des Verhaltens des regressiven exspiratorischen Schallwechsels nach der vorhin angedeuteten Weise bestimmen, welcher der genannten Zustände gegebenen Falles vorhanden ist. Andererseits kann der progressive inspiratorische Schallwechsel an der Grenze der absoluten Herzdämpfung vollständig ausgeprägt vorhanden sein und dennoch complete und allgemeine Verwachsung der Herzbeutelblätter bestehen, wovon ich mich in zwei zur Section gekommenen Fällen überzeugte [1]). In der Mehrzahl der Fälle wird allerdings während schwerer und diffuser Pericarditen, welche eine totale Obliteration des Herzbeutels zurücklassen, eine fortgeleitete Entzündung der den Sinus mediastino-costalis bildenden Pleuraflächen mit Verwachsung derselben resultiren, so dass man freilich in der Regel neben den etwaigen Erscheinungen einer Herzbeuteleobliteration den Mangel einer inspiratorischen Schalländerung an der Grenze der absoluten Herzdämpfung zu constatiren in der Lage sein wird. Letzteres Symptom wird daher nur indirect für die Diagnose der Herzbeutelverwachsung verwerthet werden dürfen und nur dann, wenn noch andere Zeichen bestehen, welche die Existenz einer solchen andeuten.

Pneumothorax. Meine Erfahrungen über die Art des respiratorischen Schallwechsels bei genannter Affection sind bei der relativen Seltenheit derselben ungleich weniger zahlreich als bei den anderen, bisher besprochenen Erkrankungsformen. Doch kann ich

---

[1]) Vergl. meine Herzkrankheiten. Virchow's Handbuch der spec. Path. und Ther. Bd. V. 2. Abth. 2. Aufl. S. 130. Erlangen 1867.

so viel mittheilen, dass ich in allen Fällen, welche ich bisher auf das Verhalten des respiratorischen Schallwechsels zu untersuchen in der Lage war und welche sämmtlich Phthisiker betrafen, immer die gleiche und zwar stets sehr ausgeprägte respiratorische Schalländerung beobachtete in der Weise, dass der in exspiratorischer Stellung der Brustwand tiefe, laute und meist mehr oder minder tympanitische Schall bei tiefer Einathmung höher und kürzer wurde und zugleich den tympanitischen Beiklang verlor. Da die Lunge für das Zustandekommen dieses regressiven inspiratorischen Schallwechsels selbstverständlich bei Pneumothorax nicht in Betracht kommen kann, so wird man denselben als den reinen und isolirten Ausdruck der respiratorischen Spannungsdifferenzen der Thoraxwand gelten lassen müssen, und zwar findet sich derselbe in gleicher Weise an jeder Stelle, soweit der pneumothoracische Hohlraum sich erstreckt. Eine neutrale Zone existirt selbstverständlich nicht, ebenso wenig eine Stelle, an welcher die inspiratorische Schalländerung eine progressive wäre, indem eben die der Entstehung einer solchen zu Grunde liegenden, nur bei Vorhandensein luftführender Lungenschichten unter der percutirten Stelle gegebenen Bedingungen fehlen, und an jedem Punkte, an welchem in der Ausdehnung des pneumothoracischen Raumes man auch den Percussionsschlag ausübt, stets die gesammte Luftmasse der Höhle in Schwingungen versetzt wird. — In welcher Weise der bezeichnete Schallwechsel bei den verschiedenen Formen des Pneumothorax, welche Weil [1]) als offenen, geschlossenen und Ventil-Pneumothorax unterscheidet, etwaige Modificationen erleidet, darüber stehen mir bestimmte Erfahrungen zur Zeit nicht zu Gebote.

Lungenexcavationen. Bei der Betrachtung der bei Excavationen im Lungenparenchym vorkommenden respiratorischen Aenderungen des Percussionsschalles, wobei ich wesentlich die bei Phthisikern in den oberen Lungenlappen bestehenden Höhlenbildungen im Auge habe, wird man jene Fälle, in denen tiefliegende, von einer mehr oder minder dicken Schichte meist verdichteten Lungengewebes umgebene Höhlen vorhanden sind, von den grossen und oberflächlich gelegenen Excavationen zu unterscheiden haben, welche nur dünne, häutige, wohl immer mit der Brustwand stramm verwachsene Wandungen besitzen.

In den der ersten Gruppe angehörigen Fällen ergibt die Percussion bekanntlich einen je nach der Dicke der die Höhle von der Brustwand trennenden Schichte verdichteten Gewebes mehr

---

1) Zur Lehre vom Pneumothorax. Deutsches Archiv für klin. Med. Bd. XXV. S. 1. 1879.

oder minder gedämpften, meist zugleich etwas tympanitischen Schall. Da hier bei der Starrheit und Undehnbarkeit der verdichteten Umgebung die Infraclaviculargegend keine oder nur sehr geringe respiratorische Excursionen zu vollführen im Stande ist, so wird die nicht selten bei tiefer Inspiration doch deutlich zu Tage tretende Höhenzunahme des Percussionsschalles kaum auf eine inspiratorische Spannungssteigerung der Thoraxwand, oder auf eine bei der Inspiration geschehende Aenderung in dem Volumen der Höhle oder in dem Verhalten der einmündenden Bronchien bezogen werden können. Man wird in solchen Fällen nicht umhin können, der inspiratorischen Erweiterung der Stimmritze einen maassgebenden Einfluss auf die bezeichnete Schalländerung zuzuerkennen, wie ich solches in einer früheren Abhandlung[1] bereits dargelegt habe, und man wird unter diesen Verhältnissen die gleichzeitige Existenz des Wintrich'schen Schallwechsels kaum jemals vermissen. Unrichtig aber würde es sein, wenn man bei Cavernen der in Rede stehenden Gruppe beim Vorhandensein des Wintrich'schen Schallwechsels umgekehrt auch immer die Existenz einer respiratorischen Schalländerung erwarten wollte. Ich habe mehrfach Fälle beobachtet, in welchen bei dem Bestehen des ersteren letztere fehlte, und ich gebe vollkommen zu, dass der Einfluss der Mundöffnung für die Aenderungen des Percussionsschalles am Thorax ein ungleich grösserer ist als jener der Weite der Stimmritze. Jener wird sich immerhin geltend machen können in Fällen, in denen letzterer zur Erzeugung einer Schalländerung nicht ausreicht. Rosenbach gegenüber, welcher sich gegen jede Möglichkeit eines Einflusses der Stimmritze auf die Höhe des Cavernenschalles ausspricht[2], möchte ich noch die Bemerkung beifügen, dass, wenn auch die wechselnde Weite der Glottis nicht immer und in allen Fällen am Thorax zum Effect gelangt, man doch nicht den Schluss wird machen können, dass ein solcher Effect überhaupt nicht möglich sei. Sind ja die respiratorischen Excursionen der Stimmbänder bei den einzelnen Individuen innerhalb ziemlich weiter Grenzen schwankend, und ausserdem wird man wohl zu berücksichtigen haben, dass gerade bei Phthisikern, um die es sich hier fast immer handelt, oftmals genug Schwellungen und Defecte an den Stimmbändern und Giesskannen vorhanden sind, welche wohl den respiratorischen, nicht aber zugleich auch den Wintrich'schen Schallwechsel zu beeinträchtigen vermögen.

---

1) Zur Percussion des Kehlkopfs und der Trachea. Deutsches Archiv für klin. Med. Bd. XXIV. S. 268. 1879.

2) Ebenda. Bd. XVIII. S. 90, 615, 624.

In den die zweite Gruppe bildenden Fällen grosser, oberflächlicher Excavationen sind die Verhältnisse complicirter und durchaus verschieden von jenen der ersten Kategorie, wie ich dies gleichfalls in meiner zuletzt citirten Abhandlung angedeutet habe. Indem die dünnen, häutigen und dehnbaren Wandungen derartiger Höhlen respiratorische Excursionen der Thoraxwand in ergiebiger Weise gestatten, wird auch die inspiratorische Spannungszunahme der letzteren, sowie der mit derselben verwachsenen Höhlenwand einen maassgebenden Einfluss auf das Zustandekommen eines inspiratorischen Schallwechsels ausüben können. Schon Wintrich[1]) hatte erkannt, dass derartige Excavationen jeweilig bei tiefer Inspiration einen nichttympanitischen Schall geben, der bei der Exspiration wieder tympanitisch werde, und Da Costa[2]) erwähnt des inspiratorischen Gedämpft- und Höherwerdens des Cavernenschalles. Ich selbst kann die Angaben der beiden genannten Autoren vollkommen bestätigen und habe regelmässig gefunden, dass der helle, tympanitische Schall grosser und oberflächlich liegender Höhlen bei tiefer Inspiration exquisit höher, kürzer und schwächer wird, zugleich unter Einbusse oder mindestens Abschwächung des tympanitischen Beiklangs. Dieser regressive inspiratorische Schallwechsel, der nur durch momentanes Erfülltsein der Höhle mit Secret vorübergehend aufgehoben ist, findet sich mit besonderer Deutlichkeit in der Infraclaviculargegend; indessen lässt sich auch nicht selten an der hinteren oberen Thoraxpartie derselbe mit aller Präcision, wenn auch minder deutlich, erkennen.

So sehr wir nun der inspiratorischen Spannungszunahme der Brust- und Cavernenwand den hauptsächlichsten und dominirenden Antheil an der Entstehung des bezeichneten inspiratorischen Schallwechsels bei den in Rede stehenden Höhlenformen zuerkennen müssen, so wenig werden wir in Abrede stellen dürfen, dass auch noch andere Factoren in Wirksamkeit treten können, welche bei der Inspiration den Percussionsschall zu erhöhen und damit den Effect des bezeichneten Hauptfactors zu unterstützen und zu verstärken im Stande sind. Hier wird unter Umständen auch der Einfluss des inspiratorischen Weiterwerdens der Stimmritze nicht ausgeschlossen werden können, sowie auch die Möglichkeit wird zugegeben werden müssen, dass bei der inspiratorischen Dehnung der Höhlenwand die Lumina der mit der Caverne in Verbindung stehenden Bronchien sich erweitern, oder dass bei der inspiratorischen Vergrösserung des Höhlen-

---

1) a. a. O. S. 31.　　2) a. a. O. S. 24.

volumens und dem dabei stattfindenden Sinken des Niveaus in der Caverne befindlichen flüssigen Secretes vorher durch letzteres gedeckt gewesene Bronchienmündungen freigelegt werden, Vorgänge, durch welche die Communicationswege der Caverne nach aussen eine inspiratorische Vergrösserung erfahren müssen. Allen diesen für die inspiratorische Höhenzunahme des Cavernenschalles concurrirenden Factoren steht nur ein in gegentheiligem Sinne wirkender Einfluss entgegen, nämlich die inspiratorische Volumsvergrösserung der Höhle, insoferne der längste Durchmesser derselben dabei wohl meist eine Zunahme erleiden dürfte. Indessen finden wir, dass dieser an sich den Schall inspiratorisch vertiefende Einfluss nicht zum Ausdruck gelangt, indem derselbe in der Regel durch die vereinte Wirkung der den Schall inspiratorisch erhöhenden Factoren übercompensirt wird.

Bezüglich des an grossen, oberflächlichen Cavernen so häufig vorkommenden Geräusches des gesprungenen Topfes will ich erwähnen, dass dasselbe, dessen Hervorbringung aus bekannten Gründen besonders leicht während der Exspiration gelingt, mitunter auch während und auf der Höhe einer tiefen Inspirationsbewegung· unter Anwendung sehr kräftiger Percussionsschläge deutlich, wenn auch minder stark, erzeugt werden kann. Nur ein einziges Mal ist mir bisher ein nur während der Inspiration hervorzubringendes Geräusch des gesprungenen Topfes vorgekommen. Es war dies bei einem 18 jährigen Mädchen, welches nach überstandenem Abdominaltyphus an florider Lungenphthise erkrankte. Etwa 3 Monate vor dem Tode liess sich in der linken Infraclaviculargegend, woselbst bereits deutliche Cavernensymptome zur Entwicklung gekommen waren, nur während der Inspiration unter Anwendung kräftiger Percussionsschläge ein Bruit de pôt fêlé hervorbringen, nicht dagegen während der Exspiration, selbst nicht bei geöffnetem Munde. Diese Erscheinung eines lediglich inspiratorischen Geräusches des gesprungenen Topfes bestand während mehrerer Tage und konnte während dieser Zeit bei häufigen Untersuchungen stets in derselben Weise constatirt werden. Von nun an erst stellte sich auch bei der Exspiration ein sehr lautes Bruit de pôt fêlé ein, welches das inspiratorische an Intensität überwog. In dieser Weise blieben die Verhältnisse bis zu dem am 4. Februar 1877 eintretenden Tode. Die Section zeigte ein System von kleineren und grösseren mit einander communicirenden sinuösen Höhlen, in welche zahlreiche Bronchien einmündeten. Es lässt sich, wie ich glaube, diese auffallende Erscheinung eines lediglich inspiratorischen Geräusches des gesprungenen Topfes in der

Weise erklären, dass während des mehrtägigen Zeitraumes, innerhalb dessen einige Monate vor dem Tode dasselbe beobachtet wurde, die Zahl der in die damals noch kleineren Höhlen mündenden Bronchien erst eine geringe, und letztere zufällig so gelagert waren, dass deren Lumina bei der während der Erweiterung der Höhle bei der Inspiration eintretenden Lageveränderung des flüssigen Höhleninhaltes freigelegt, bei der Exspiration wieder geschlossen werden konnten. Als später bei fortschreitender Ulceration eine grössere Zahl von Bronchien sich mit der Höhle in Verbindung setzte, von denen ein Theil bei jedem Acte der Athmung offen blieb, waren die gewöhnlichen Bedingungen für die Entstehung des Geräusches des gesprungenen Topfes hergestellt.

Nur ganz ausnahmsweise scheint es vorzukommen, dass der den Schall vertiefende Einfluss einer inspiratorischen Vergrösserung des lufthaltigen Höhlenraumes percussorisch zur Geltung gelangt und die oben bezeichneten schallerhöhenden Factoren übercompensirt. Ich habe solches bisher erst in einem einzigen Falle, bei einem 34jährigen, an Pneumoenterophthisis leidenden Manne beobachtet, bei welchem der in beiden Infraclaviculargegenden bestehende gedämpfte und leicht tympanitische Schall bei tiefer Inspiration in einer äusserst prägnanten Weise lauter und tiefer wurde. Die Auscultation ergab an den bezeichneten Stellen viel feuchtes Rasseln und unbestimmtes Athmen, aber keine deutlichen Cavernenerscheinungen. Noch wenige Tage vor dem Tode konnte ich diesen progressiven inspiratorischen Schallwechsel in der beschriebenen Weise an beiden Infraclaviculargegenden constatiren. Die Autopsie ergab beiderseits grosse, sinuöse, mit ihrem Längendurchmesser parallel zur Längsaxe des Körpers gestellte Excavationen, welche besonders nach hinten sich ausdehnten und von welchen die rechte etwas weniger umfangreich war, als die linke. Die Entfernung der Höhlen von der vorderen Brustwand betrug im Mittel rechts ca. $2\frac{1}{2}$, links ca. $1\frac{1}{2}$ Cm.; das zwischengelegene Lungengewebe zeigte sich verdichtet theils durch käsige Knoten, theils durch schieferige, derbe Herde und Züge, zwischen denen aber allenthalben noch luftführende Parenchymreste lagen. In beide Höhlen mündeten zahlreiche grössere und kleinere Bronchien.

Multiple partielle Verdichtungen. Ich verstehe unter dieser Benennung jene so häufig vorkommenden, meist doppelseitig auftretenden partiellen Verdichtungen innerhalb der Spitzenabschnitte der Lungen, welche die früheren Stadien der eigentlichen Lungenphthise darstellen und theils in Form grauer, gallertiger oder bereits käsiger, als eine besondere Art chronischer Entzündung aufzufassender Herde, theils als schiefergraue, derbe Züge und Knoten interstitieller und peribronchialer Bindegewebswucherungen das Lungenparenchym durchsetzen. Je nach der Masse des zwischen diesen partiellen Verdichtungen noch restirenden lufthaltigen Lungengewebes findet sich an den obersten Thoraxgegenden, in der Regel besonders deutlich vorne, eine mehr oder minder ausgeprägte Dämpfung des Schalles, manchmal begleitet von einem deutlich tympanitischen Beiklang in Folge von Entspannung der noch vorhandenen luftführenden Parenchymreste.

In allen diesen Fällen findet sich regelmässig ein regressiver inspiratorischer Schallwechsel in derselben Art, wie er für gesunde Lungen geschildert wurde: der Schall nimmt, und zwar meist am deutlichsten in den Infraclaviculargegenden, bei tiefer Inspiration an Höhe zu, an Intensität und Dauer ab; zugleich verschwindet dabei der etwa vorhandene tympanitische Beiklang. Man könnte unter Berücksichtigung des Umstandes, dass der Schall an den erkrankten Stellen an sich schon relativ gedämpft ist, die inspiratorische Schalländerung als eine Zunahme der Dämpfung bezeichnen, und es ist eben wegen der schon bei ruhiger Athmung bestehenden Dämpfung die Differenz in den bezeichneten Qualitäten des Anfangs- und Endschalles bei einer tiefen Inspiration in der Regel minder ausgeprägt, als unter normalen Verhältnissen. Diese Differenz kann eine verschwindend kleine werden und damit ein inspiratorischer Schallwechsel kaum mehr deutlich erkennbar sein, wenn unter Zunahme der Zahl und Grösse der Verdichtungsherde und damit in umgekehrtem Verhältnisse stehenden Abnahme der luftführenden Gewebsreste schon die Anfangsdämpfung eine sehr erhebliche ist. Derartige Fälle bilden alsdann den Uebergang zu jenen Zuständen, in denen es zu einer completen und gleichmässigen Verdichtung der oberen Lungenpartien gekommen ist, welche die Entstehung des Williams'schen Trachealtones und des Wintrich'schen Schallwechsels, sowie jener auf die wechselnde Weite der Stimmritze zu beziehenden inspiratorischen Schalländerung ermöglicht, wie früher (S. 40) ausführlich erörtert wurde.

Druck von J. B. Hirschfeld in Leipzig.